Virginia Vail

Tierarzt-Praxis Birkenallee 7

HUNDESALON SEIDENGLANZ

Illustriert von Ines Vaders-Joch

SCHNEIDER BUCH

CIP-Titelaufnahme der Deutschen Bibliothek

Vail, Virginia:
Tierarzt-Praxis Birkenallee 7 / Virginia Vail. [Übers. aus d. Amerikan.: Renate Navé]. – München : F. Schneider.

Bd. 7. Hundesalon Seidenglanz. – 1990
ISBN 3-505-04357-5

Frankfurter Ring 150 · 8000 München 40

Übersetzung aus dem Amerikanischen: Renate Navé
Originaltitel: ANIMAL INN – PAMPERED PETS

Published by arrangement with SCHOLASTIC INC.
Umschlagbild: Richard Williams
Umschlaggestaltung nach der Konzeption
von Angelika Bachmann
Illustrationen: Ines Vaders-Joch
Herstellung: Gabi König
Satz/Druck: Presse-Druck Augsburg
ISBN: 3-505-04357-5

„Das kann doch nicht dein Ernst sein, Linda. Möchtest du wirklich, daß im Tier-Treff ein Schönheitssalon für Hunde und Katzen errichtet wird?" griff Toby das Thema wieder auf.

„Aber eine Menge Leute sind auf Idas Tiersalon angewiesen, weil sie ihre Langhaarkatzen und Hunde nicht selbst waschen und trimmen können", versuchte Linda ihm klarzumachen. Sie öffnete die Tür zur Anmeldung und sagte: „Hallo, Pat, du kannst jetzt ruhig gehen, ich vertrete dich."

Pat Dempwolf stand auf und zwängte sich in ihre Strickjacke. „Es sind nicht mehr viele Patienten vorgemerkt", sagte sie zu Linda. „Dafür habe ich eine Menge Reservierungen für die Tierpension vorgenommen. Ich habe alle in den roten Terminkalender eingetragen."

Inhalt

Ein Kälbchen namens Tausendschön

„Gratuliere, Junge! Das ist wirklich ein prächtiges Kälbchen!“ sagte Tierarzt Dr. Taylor und schüttelte heftig Toby Currans Hand.

„Danke, Doc“, erwiderte Toby und strahlte dabei über das ganze Gesicht. „Ehrlich gesagt, ich hatte ziemlichen Bammel davor. Schließlich kalbt Bobo zum erstenmal. Ich war schon auf das Schlimmste gefaßt. Aber zum Glück waren Sie so rasch zur Stelle.“

Tobys schwarz-weiß gescheckte Kuh hatte bereits begonnen, das Kälbchen sauberzulecken, das auf unsicheren Beinen im duftenden Stroh des Kuhstalls stand.

„Wie wirst du es denn nennen, Toby?“ wollte Linda, die Tochter des Tierarztes, wissen. „Es ist ein so schönes Kälbchen, daß es auch einen schönen Namen bekommen muß.“ Über Lindas Gesicht huschte ein Lächeln, als sie sah, wie das Kalb das Euter der Mutter suchte und sogleich daran zu saugen begann. Obwohl sie ihrem Vater schon bei vielen Geburten assistiert hatte, war es für sie immer wieder ein überwältigendes Erlebnis, wenn ein Kälbchen zur Welt kam. Das war auch einer der vielen Gründe, warum sie einmal Tierärztin werden wollte. Obwohl sie erst vierzehn war, half sie jeden Tag nach der Schule in der Tierarztpraxis mit, die von allen nur Tier-Treff genannt wurde.

Auch ihr Freund Toby, der ein Jahr älter war als sie, kam jeden Tag nach Schulschluß in die Birkenallee 7, um dem Tierarzt zur Hand zu gehen.

„Ja, es ist wirklich ein sehr schönes Kalb“, stimmte Toby Linda bei. „Ich werde es Tausendschön nennen.“

„Ja, so soll es heißen“, sagte Dr. Taylor, während er seine schwarze Medikamententasche zuklappte. Dann gab er Bobo noch einen Klaps auf den Rücken und verließ mit Linda und Toby den Stall. Bobo aber stand seelenruhig und wiederkäuend da, als hätte sie schon viele Kälbchen zur Welt gebracht und nicht das erste. Linda fragte sich, warum nicht auch die Menschen mit der gleichen Gelassenheit Kinder bekommen konnten. „Wenn ich einmal verheiratet bin und Kinder bekomme“, sinnierte sie halblaut vor sich hin, „dann soll es so natürlich vor sich gehen wie bei Bobo. Aber wahrscheinlich werde ich gar keine Zeit für eine Familie haben, denn als Tierärztin bin ich sicher die ganze Zeit eingespannt.“

Dr. Taylor legte einen Arm um Lindas Schultern und drückte seine Tochter an sich. „Ich glaube, das soll heute noch nicht deine Sorge sein“, sagte er. „Im Augenblick haben wir nur eine, nämlich möglichst rasch nach Hause zu kommen. Du weißt ja, Frau Racer mag es nicht, wenn wir unpünktlich zum Abendessen erscheinen.“

Frau Racer, die Haushälterin der Taylors, war nicht mehr die Jüngste und hatte bereits einen erwachsenen Sohn. Sie hielt den Haushalt in Schuß und war um das Wohl der Taylors besorgt wie eine Gluckhenne um ihre Küken.

Seit dem Tod von Lindas Mutter – sie war durch einen Autounfall ums Leben gekommen – versuchte Frau Racer den drei Geschwistern die Mutter zu ersetzen. Linda hatte nämlich noch eine zwölfjährige Schwester namens Erin und einen neunjährigen Bruder, der wie der Vater Theodor hieß, aber nur Teddy genannt wurde. Da Linda ihre Großeltern nur sehr selten sah – sie wohnten nicht im Bundesstaat Pennsylvania –, war sie verständlicherweise Frau Racer mehr zugetan als ihnen, zumal sich die Haushälterin unmittelbar nach dem Tod der Mutter besonders liebevoll um sie und ihre Geschwister gekümmert hatte.

„Also dann bis morgen, Toby", sagte Linda, bevor sie in den blauen Kombiwagen ihres Vaters stieg, der vor dem Kuhstall der Currans stand. „Und laß deine Eltern von mir grüßen!"

„Wird gemacht", rief Toby ihr zu und ging um den Wagen herum, weil er dem Tierarzt, der gerade den Sicherheitsgurt anlegte, noch etwas sagen wollte.

„Ich bringe Ihnen morgen einen Scheck, dann ersparen Sie sich die Rechnung."

Dr. Taylor wehrte lächelnd ab. „Kommt nicht in Frage, Junge. Dafür nehme ich kein Geld. Bobo hat es doch ganz allein geschafft. Ich habe lediglich zugesehen."

„Aber Sie haben eine Menge Zeit verloren, allein

schon durch den weiten Weg zu uns heraus", antwortete Toby beharrlich. „Mein Vater möchte sicher nicht, daß Sie das umsonst tun."

Linda gab ihrem Vater einen leichten Stoß in die Rippen und flüsterte ihm rasch zu: „Laß ihn doch zahlen. Er ist einer der reichsten Bauern in der Gegend."

Die Farm der Currans war berühmt für ihre Milchwirtschaft, und außerdem war Tobys Vater Inhaber mehrerer Eisdielen in Essex und Umgebung. Normalerweise beglich er die Tierarztrechnungen sofort, im Gegensatz zu vielen ärmeren Bauern, die lieber mit Eiern, Würsten und anderen hausgemachten Erzeugnissen bezahlten.

„Laß uns morgen darüber reden, Toby", sagte Dr. Taylor abschließend und fügte noch mit einem verschmitzten Lächeln hinzu: „Du kannst aber schon heute deinem Vater ausrichten, daß ich ihm ein Geschäft vorschlage: Ich komme mit meinen Kindern in eine eurer Eisdielen, und wir dürfen auf eure Kosten soviel Eis essen, wie wir Lust haben. Ist das was?"

„Da schneidet ihr aber schlecht ab", warf Linda lachend ein, „denn Teddy allein verdrückt ein paar Portionen."

„Ich könnte mir vorstellen, daß mein Vater damit einverstanden wäre", erwiderte Toby mit gespieltem Ernst. „Aber nur unter der Bedingung, daß ihr seinen Sohn mitnehmt."

Dr. Taylor ließ den Motor an und rief Toby aus dem Wagenfenster zu: „Also nochmals meinen herzlichen Glückwunsch, Toby!"

Linda beugte sich aus dem Wagen und winkte Toby zum Abschied zu, während der Kombi langsam den Feldweg entlangfuhr, der zur Schnellstraße nach Essex führte. Erst jetzt spürte sie das Knurren in ihrem Magen. Der Hamburger, den sie zu Mittag gegessen hatte, war nicht sehr ausgiebig gewesen. Kein Wunder also, daß sie jetzt einen Bärenhunger hatte. Sie fragte sich, was Frau Racer wohl vorbereitet haben mochte, und hoffte, es würde Makkaroni mit Thunfischsauce geben, was zu ihren Lieblingsgerichten zählte. Und da das etwas war, was allen schmeckte, bräuchte Frau Racer nichts weiteres zuzubereiten. Normalerweise mußte sie für Linda immer etwas anderes kochen, denn sie aß kein Fleisch – nur Fisch. Sie wollte nicht, daß eine sanftäugige Kuh oder ein wolliges Lämmchen ihr Leben lassen mußten, nur damit sie ein saftiges Steak oder ein Kotelett auf dem Teller hatte. Obwohl es Frau Racer nichts auszumachen schien, zwei verschiedene Gerichte zuzubereiten, hatte Linda trotzdem deswegen hin und wieder ein schlechtes Gewissen.

„Was war denn das für ein Geräusch? War das dein Magen oder der Motor?“ fragte ihr Vater und warf ihr einen flüchtigen Blick zu.

„Mein Magen knurrt, ich sterbe vor Hunger“, erwiderte Linda.

„Ich auch“, gestand ihr Vater. „Das war ein langer Tag, und ich habe nicht einmal Zeit gehabt, zu Mittag zu essen. Aber im Augenblick geht es in der Klinik hektischer zu denn je.“

„Ich weiß. Zum Glück ist die Hunde- und Katzenpension bald fertig. Und auch gerade noch rechtzeitig vor den Sommerferien. Vielleicht werden dann weniger Leute ihre Haustiere aussetzen, wenn sie einen Platz haben, wo sie sie während der Ferien unterbringen können. Heute nachmittag habe ich bereits zwei Plätze reserviert, und Pat sagte, daß schon vier weitere reserviert wurden. Ich wette, daß der Umbau bis Mitte Juni beendet ist und die Pension bis dahin voll ausgebucht sein wird."

„Vergiß nicht das zweite Behandlungszimmer und den Ausbau der Krankenstation", erinnerte ihr Vater sie. „Ich wüßte wirklich nicht, wohin mit den vielen Tieren, wenn ich von der Bank keinen Kredit bekommen hätte. Ich habe ihn vor allem deinem Freund, Herrn Merril, zu verdanken, der im Vorstand der Stadtsparkasse ist. Ohne die Hilfe der Bank müßten wir auch im Pferdestall kranke Tiere unterbringen. Kannst du dir vorstellen, daß Gray Ghost seinen Stall mit ein paar kläffenden Welpen teilen muß?"

„Aber Paps, du hättest sicher auch ohne Herrn Merrils Vermittlung das Geld bekommen. Außerdem ist er nicht mein Freund. Zu Anfang habe ich ihn sogar als meinen Feind betrachtet, als er Gray Ghost töten wollte." Noch immer lief Linda ein kalter Schauder über den Rücken, wenn sie daran dachte, daß dieses preisgekrönte Springpferd um ein Haar hätte sterben müssen, nur weil es langsam erblindete und für Turniere nicht mehr zu gebrauchen war. Wenn sie nicht alle ihre Ersparnisse Herrn Merril und seiner hochnäsigen Tochter Cassandra für das Pferd angeboten hätte, würde es heute nicht mehr leben. Gray Ghost war ihr ein und alles, und sie liebte ihn nicht weniger als ihre Familie, und diese liebte sie über alle Maßen.

„Herr Merril übrigens findet, daß du ein wirklich außergewöhnliches Mädchen bist", sagte ihr Vater und zwinkerte ihr zu. „Das zeigt doch, daß er Menschenkenntnis besitzt. Ich finde, wir sollten auch ihn zur Einweihung der Tierpension einladen. Was meinst du dazu?"

Linda zögerte einen Augenblick lang. „Ja, aber dann wird auch Cassandra kommen", meinte sie schließlich. „Und ich werde mich zwingen müssen, freundlich zu ihr zu sein."

Ihr Vater lachte. „Du mußt ja nicht sehr nett zu ihr sein, es genügt, wenn du ein wenig nett bist. Ich glaube aber, daß sie gar nicht da ist. Als ich das letzte Mal mit Merril gesprochen habe, sagte er, sie habe vor, gleich nach Schulschluß mit ein paar Freundinnen nach Europa zu reisen."

„Das trifft sich aber gut", meinte Linda erleichtert. „In diesem Fall solltest du unbedingt Herrn Merril einladen. Bei den vielen Gästen und ihren Haustieren wird er sich sicherlich nicht langweilen. Die Tiere haben wirklich verdient, auch bei dem Fest dabeizusein. Ich wette, es ist ihre erste Party! Wir müssen nicht nur für unsere Gäste ein großes Büfett aufbauen, sondern auch die Vierbeiner sollen besondere Leckerbissen bekommen. Ich könnte mir ja gemeinsam mit Toby ein paar Spezialitäten für Hunde und Katzen, für Meerschweinchen und Kaninchen oder Hamster ausdenken."

„Das hat gerade noch gefehlt! Ich frage mich nur, warum du nicht auch noch Pferde, Kühe und Schafe einladen willst!" sagte ihr Vater. „Ich bräuchte nur noch einen zweiten Bankkredit aufnehmen, und schon könnten wir die ganze Menagerie bewirten!"

„Vielleicht sollten wir die Kühe weglassen", warf Linda lachend ein. „Sie brauchen so schrecklich viel Platz. Aber Heu kostet doch nicht viel, und auch Karotten und Äpfel sind erschwinglich. Und für alle anderen Tiere haben wir ja genügend Dosen- und Trockenfutter. Ich möchte, daß es eine ganz tolle Party wird! Wegen der Unkosten brauchst du dir wirklich keine Sorgen zu machen, denn wir werden den Sommer über so viele Pensionsgäste haben, daß wir sie spielend wieder hereinbekommen."

Dr. Taylor bog in den Seitenweg ein, der zu dem alten Landhaus der Tierarztfamilie führte. „Eigentlich könntet ihr euch gleich nach dem Abendessen zusammensetzen und euch mit der Organisierung des Festes befassen. Der Umbau wird sicherlich termingerecht beendet sein, und so sind es nur noch vier Wochen bis zu dem Fest."

„Du hast recht, wir haben wirklich nicht mehr viel Zeit. Frau Racer hat uns versprochen, einen Berg Plätzchen zu backen, und Erin hat ihr ihre Hilfe angeboten. Auch Jill will uns bei den Vorbereitungen helfen. Von allen meinen Freundinnen ist sie die beste im Organisieren. Vielleicht sollte sie schon heute abend zur Besprechung kommen. Ich werde sie gleich anrufen. Ist es dir recht?"

Dr. Taylor nickte zustimmend. „Übrigens, macht sie nicht ausgezeichnetes Popcorn? Ich könnte mir vorstellen, daß weder unsere Gäste noch ihre Vierbeiner dieses verschmähen würden.“

Der Kombi blieb vor dem Hauseingang stehen, und Linda sprang heraus. „Ich telefoniere als erstes mit Jill“, rief sie ihrem Vater zu, während sie ins Haus stürmte.

Jocko, ein schwarz-weißer Mischlingshund, und Sunshine, ein hellbrauner Cockerspaniel, begrüßten sie freudig mit lautem Gebell.

„Sachte, sachte, ihr beiden!“ beschwichtigte Linda die Hunde und kraulte sie hinter den Ohren. Sunshine sprang aufgeregt an ihr hoch. „Aber ich war doch gar nicht so lange fort“, sagte sie und streichelte sein seidiges Fell.

„Ist alles gutgegangen bei Bobo?“ wollte Erin wissen, die gerade aus dem Wohnzimmer kam. Sie hatte wieder einmal ihr blaues Turntrikot an und dazu eine rote Strumpfhose. Ihre langen blonden Haare hatte sie zu einem kleinen Knoten auf der Mitte des Kopfes geschlungen. Sie träumte davon, später einmal Ballettänzerin zu werden, genau wie ihre Mutter, die vor ihrer Heirat Tänzerin im Pennsylvania-Ballett gewesen war. Sie hatte die gleiche zierliche Figur wie ihre Mutter, während Linda eher groß und kräftig war und das dichte, dunkle Haar ihres Vaters geerbt hatte.

„Ja, sie hat ein prächtiges Kälbchen bekommen. Toby will es Tausendschön nennen. Wir mußten ihr gar nicht helfen. Es ging ganz mühelos, als hätte sie schon eine Reihe Kälber zur Welt gebracht.“

2 4357-8

Erin schüttelte sich. „Und ihr habt die ganze Zeit dagestanden und zugesehen? Eh, wie unangenehm!"

„Das war nicht unangenehm", sagte Linda fröhlich. „Das war richtig schön. Übrigens, wo steckt denn Teddy?"

„Der ist gleich nach der Schule zu Billy gegangen. Er muß jeden Augenblick zurück sein."

Da kam ihr Vater zur Tür herein. Erin lief ihm entgegen und warf die Arme um seinen Hals.

„Ist Frau Racer noch da?" wollte Dr. Taylor wissen und drückte Erin einen Kuß auf die Stirn. Dann begrüßte er die beiden Hunde, die übermütig an ihm hochsprangen.

„Natürlich bin ich da, Doc", kam es aus der Küche, und gleich darauf erschien die Haushälterin in der Tür und wischte sich die Hände an ihrer weißen Schürze ab. „Im Ofen steht eine Kasserolle mit Thunfisch-Makkaroni, und die grünen Bohnen sind auch in ein paar Minuten fertig. Erin hat außerdem einen wunderschönen Salat gemacht. Ich muß gleich gehen, mein Sohn Henry wird jeden Augenblick dasein. Wie geht es Bobo und dem Kälbchen?"

„Es könnte ihnen nicht bessergehen", erwiderte Dr. Taylor. „Toby ist mächtig stolz auf das schöne Kälbchen."

„Das freut mich", meinte Frau Racer, während sie die Schürze abnahm und Linda reichte. „Vergiß nicht, morgen bin ich nicht da", sagte sie. „Ich gehe mit Henry zur Hochzeit meiner Nichte. Sie heiratet einen sehr netten Burschen. Ich habe ihnen eine Bettdecke genäht.

Linda-Schatz, morgen mußt du auf den Markt gehen. Ich habe eine Liste gemacht von all dem, was zu besorgen ist. Sie liegt auf dem Kühlschrank. Und vergiß nicht, bei Herrn Stolzfuß den Schinken zu holen. Du weißt schon den, den dein Vater so gern ißt. Übrigens, die besten Äpfel hat Mathew Geist, kaufe sie also nicht woanders."

Da ertönte eine Autohupe. „Das ist Henry", sagte Frau Racer. „Also dann bis Montag." Sie hatte es plötzlich so eilig, daß sie beinahe Teddy, der soeben zur Tür hereinkam, umgerannt hätte.

„Auf Wiedersehen, Frau Racer", rief Teddy ihr nach. „Was gibt es denn zum Abendessen?" Er warf seine Baseballmütze auf den Flurtisch und gab seinem Vater einen Kuß.

„Makkaroni mit Thunfischsauce", rief Frau Racer, bevor sie die Tür hinter sich schloß. „Hilf deinen Schwestern beim Abwasch!"

„Stell dir vor, Paps, Sparky will uns beim Vorbereiten der Party helfen. Ich habe ihr gesagt, sie kann kommen", sagte Teddy. „Und sie darf auch zu unserem Fest ihren Kater mitbringen. Du hast doch nichts dagegen, wenn Charly mitkommt?"

„Natürlich kann uns Sparky helfen", erwiderte Dr. Taylor. „Und Charly ist natürlich willkommen. Aber jetzt wasch dir rasch die Hände! Wir essen nämlich gleich."

„Darf Sparky heute abend mit uns essen?" wollte Teddy noch wissen.

„Jetzt?" wunderte sich Erin und nahm Linda die

Schürze ab, um sie sich selbst umzubinden.

„Mir soll's recht sein", meinte sein Vater. „Wenn ihre Mutter nichts dagegen hat? Am besten, du rufst sie gleich an."

Linda hob den Hörer ab und sagte: „Aber vorher muß ich noch rasch mit Jill sprechen."

„Ich brauche das Telefon nicht", sagte Teddy und stapfte in die Küche. Dann beugte er sich aus dem Fenster zum Hof hinaus und rief: „He, Sparky, Paps sagt, du darfst kommen!" Gleich darauf lief er in den Flur zurück und verkündete: „Sie ist draußen auf dem Hof. Ihre Mutter ist einverstanden, daß sie mit uns zu Abend ißt."

„Ein Glück, daß Frau Racer eine so große Kasserolle Makkaroni gemacht hat", brummte Erin, während sie in die Küche ging. Dann rief sie ihrer Schwester zu: „Linda, deckst du bitte den Tisch und legst ein Gedeck mehr auf?"

Ein Fest will geplant sein

„Das war aber fein!" sagte Philomena Sparks, kurz Sparky genannt. „Eure Makkaroni sind fast so gut wie unsere." Dann stopfte sie sich ein Schokoladenplätzchen nach dem anderen in den Mund und meinte: „Die Plätzchen sind wirklich Klasse." Dabei schielte sie hoffnungsvoll auf die Keksdose, die auf dem Küchenschrank stand. „Sind noch welche drin?"

„Ja, aber du kriegst keine mehr", erwiderte Teddy.

„Du hast genug gegessen. Du siehst ohnedies schon wie ein Schweinchen aus!“ Dabei zog er an einem ihrer Zöpfe.

„Oh, du bist gemein!“ regte sich Sparky auf.

„Klar siehst du aus wie eines. Du hast ja sogar zwei Kringelschwänzchen!“

„Teddy!“ ermahnte ihn sein Vater. „Wie redest du denn mit Sparky! Sie ist schließlich unser Gast. Hast du das vergessen?“

Teddy schüttelte den Kopf. „Wie konnte ich das nur vergessen?“ Dann warf er Sparky einen treuherzigen Blick zu und sagte mit zuckersüßer Stimme: „Möchtest du noch ein Plätzchen, Phi-lo-mena?“

Sparkys Augen funkelten wütend, und sie hob drohend eine Hand. „Wenn du mich noch einmal so nennst, breche ich dir das Genick!“

„Hilfe, Hilfe!“ rief Teddy. Er sprang von seinem Stuhl hoch und stürzte zur Küche hinaus.

Sparky rannte ihm nach, gefolgt von Sunshine und Jocko.

„Ah, die zwei!“ stöhnte Erin laut.

„Die sind ihr Geld wert“, fügte Linda schmunzelnd hinzu. „Noch etwas Kaffee, Paps?“

„Nein, danke, Linda.“ Dr. Taylor stand auf und wischte den alten Eichentisch ab. „Vielleicht kannst du Sparky dazu überreden, Teddy beim Hühnerfüttern zu helfen. Die Kaninchen und die Ente haben auch noch nichts bekommen.“

„Ja, wenn ich sie finde“, sagte Linda und wollte gerade aus der Küche gehen, als ihr Kater Cleveland vom Küchenschrank heruntersprang und sie mit seinen großen gelben Augen vorwurfsvoll ansah.

Linda beugte sich zu ihm hinunter, um ihn zu streicheln. „Okay, mein Kleiner, ich habe dich nicht vergessen. Du kriegst gleich dein Futter. Ehrenwort." Dann wandte sie sich Erin zu: „Ich kümmere mich um das Geschirr."

„Hallo, ich bin's!" rief Jill und steckte den Kopf zur Küchentür herein. „Abend, Doktor, hallo Erin, hallo Linda. Die Haustür war offen, und so bin ich gleich reingekommen." Da fiel ihr Blick auf die Keksdose. „Hmm, Frau Racer hat wieder einmal Plätzchen gebakken, stimmt's? Darf ich eins haben?"

„Bedien dich", sagte Dr. Taylor und nickte ihr freundlich zu. „Es sind Schokoladenplätzchen."

„Spitze!" Jill hob den Deckel der Dose hoch und nahm sich ein Plätzchen heraus. „Ich habe zu Hause keinen Nachtisch mehr gegessen, um schneller dazusein. Wann setzen wir uns denn zusammen?"

„Sobald Teddy und Sparky mit dem Füttern der Tiere fertig sind und ich das Geschirr in die Spülmaschine gestellt habe", erwiderte Linda. „Du kannst ja inzwischen die beiden Wildfänge zusammentrommeln."

„Okay", sagte Jill mit vollem Mund. „Bin gleich wieder da."

Eine Viertelstunde später hatten die Taylors, Sparky und Jill im Wohnzimmer Platz genommen. Der Tierarzt, der ein paar Fachzeitschriften, die sich während der letzten Wochen angehäuft hatten, durchgeblättert hatte, erhob sich aus seinem abgewetzten, aber überaus bequemen Lehnstuhl neben dem Kamin und sagte:

„Hiermit erkläre ich die Sitzung für eröffnet. Wie ihr alle wißt, wird in vier Wochen in der Birkenallee 7 eine Tierpension eröffnet, und zu diesem Anlaß wollen wir ein großes Fest geben. Aus diesem Grund haben wir uns hier eingefunden, um zu besprechen, wen wir einladen, womit wir unsere Gäste bewirten und wer für was zuständig ist."

Linda hob die Hand. Als Dr. Taylor ihr zunickte, sagte sie: „Wie ich bereits auf unserem Nachhauseweg vorgeschlagen habe, sollten wir alle Tierbesitzer, die in unserer Kartei stehen, mitsamt ihren Tieren einladen."

„Alle?" fragte Jill verwundert. „Auch Sadie, Herrn Pollards preisgekrönte Sau, und sämtliche Kühe und Pferde?"

„Natürlich nicht", sagte Dr. Taylor rasch, bevor Linda antworten konnte. „Irgendwo müssen wir eine Grenze ziehen. Ich schlage vor, die Tiere dürfen nicht höher sein als sechzig Zentimeter."

„Sadie fällt sicher darunter", gab Teddy zu bedenken.

Der Tierarzt rieb sich seinen leicht angegrauten Bart und meinte: „Du hast recht, Junge. Dann sagen wir, kein Tier, das über sechzig Zentimeter hoch und über siebzig Kilo schwer ist."

„Das heißt also, daß ich Charly mitbringen darf?" fragte Sparky.

„Selbstverständlich, vorausgesetzt er wiegt nicht mehr als siebzig Kilo", erwiderte Dr. Taylor mit ernster Miene. „Als ich Charly das letzte Mal sah, sah er nämlich ganz schön dick aus."

„Na, so dick ist er nun auch wieder nicht", verteidigte

Sparky ihren Kater.

Teddy gab ihr einen Knuff in die Rippen und sagte: „Aber dafür wirst du es bald sein, wenn du weiterhin so viele Schokoladenplätzchen futterst. He, Paps, was geschieht mit den Leuten, die über siebzig Kilo wiegen?

„Soviel wiege ich noch lange nicht", protestierte Sparky und stürzte sich auf Teddy. „Nimm das sofort zurück, sonst kitzle ich dich, daß dir Hören und Sehen vergeht!"

„Hört mal zu, ihr beiden", sagte Dr. Taylor in einem bestimmten, aber freundlichen Ton, „wenn ihr lieber spielen wollt, dann geht bitte hinaus. Ihr müßt nicht unbedingt an unserer Besprechung teilnehmen."

Teddy und Sparky sahen sich an. Dann hockte sich Teddy blitzschnell neben Jocko auf den Fußboden, und Sparky setzte sich zu Erin und streichelte Clevelands weiches Fell, der eingerollt auf deren Schoß lag.

Dr. Taylor schmunzelte und meinte: „So ist es recht. Ich schlage vor, daß wir das Thema Tiere beenden und uns unseren menschlichen Gästen zuwenden. Womit wollen wir sie denn bewirten?"

„Mit Frau Racers Plätzchen!" rief Teddy vorlaut.

„Ja, sie soll viele Schokoladenplätzchen machen", fügte Sparky eifrig hinzu.

„Und Krapfen!" schlug Erin vor.

„Ja, und diese köstlichen Apfeltaschen. Meine Mutter kauft sie manchmal auf dem Markt, aber die sind nicht annähernd so gut wie die von Frau Racer", meinte Jill.

„He, wartet mal", rief Linda. „Ihr könnt doch nicht von der armen Frau verlangen, daß sie von jetzt an jede

Minute vor dem Backofen verbringt!"

„Ich hätte nichts dagegen", meinte Teddy und rieb sich den Bauch. „Dann gäbe es eine tolle Auswahl an Gebäck."

Sein Vater beugte sich zu ihm hinunter und fuhr ihm mit der Hand durch die Locken. „Wie kann man nur so gefräßig sein?" sagte er, und Teddy verzog das Gesicht. „Linda hat recht, wir können Frau Racer nicht so viel Arbeit aufhalsen. Und wir können auch nicht unseren Gästen nur Süßigkeiten anbieten. Was kommt denn sonst noch in Frage?"

„Meine Mutter macht einen hervorragenden Bohneneintopf", sagte Jill. „Aus getrockneten Limabohnen, Zwiebeln, grünen Pfefferschoten und einer köstlichen Sauce. Wenn ihr einverstanden seid, bringe ich welchen mit."

„Und meine Mama macht den besten Kartoffelsalat", rief Sparky. „Sie macht uns sicher einen ganzen Berg davon."

Erin, die alles in einem Notizbuch mitgeschrieben hatte, blickte hoch und sagte: „Linda und ich, wir könnten heißen Schinken und einen gebratenen Truthahn machen. Das kann selbst Linda nicht verpatzen!"

Linda spielte die Beleidigte und sagte zu Erin: „Willst du damit behaupten, daß ich keine vorzügliche Köchin bin?"

„Nun ja, ich würde sagen, wann immer du was kochen sollst, merkt man, daß du eine gute Tierärztin bist!" Erin kicherte über ihren eigenen Witz. „Du mußt ja nicht davon essen, du sollst mir nur beim Kochen helfen."

„Das werde ich sicher tun", sagte Linda. „Aber um ehrlich zu sein, ich finde es ziemlich pervers, daß wir zur Einweihung unserer Tierpension den Leuten ausgerechnet Fleisch vorsetzen."

„Was heißt hier pervers?" rief Teddy, der mit Jocko spielte, während Sunshine gelangweilt zusah. „Zum Glück sind nicht alle so pervers wie du, daß sie kein Fleisch anrühren."

Linda warf ihm einen finsteren Blick zu. „Ich möchte mal sehen, ob du Jocko oder Sunshine essen könntest. In manchen Ländern essen sie Hunde wie wir Schinken oder Truthahn."

„Das ist etwas ganz anderes..." sagte Teddy, doch er wurde von seinem Vater unterbrochen.

„Wir reden jetzt von Essex in Pennsylvania und nicht von Asien. Und wenn Linda kein Fleisch essen will, dann ist das ihre Angelegenheit. Sie hat sich jedenfalls bereit erklärt, Erin in der Küche zu helfen, was ich ihr hoch anrechne. Wir müssen den Standpunkt anderer respektieren, ob er uns paßt oder nicht." Er wandte sich Jill zu: „Sag mal, willst du uns nicht einen Berg Popcorn machen? Das kannst du besonders gut."

„Na klar, jede Menge!" sagte Jill eifrig.

Erin warf einen Blick auf ihre Liste. „Ich glaube, dann hätten wir genug zu essen. Jetzt fehlen noch die Getränke."

Dr. Taylor hob feierlich die Hand. „Ich melde mich für die Limonaden. Das ist auch sonst mein Job. Die einzige Bedingung ist, daß Teddy mir beim Auspressen der Zitronen hilft."

Teddy stimmte freudig zu.

„Ich habe Toby zwar noch nicht gefragt", sagte Linda, „aber ich bin sicher, daß sein Vater uns einen Berg Eiscreme spendieren würde, die ausgezeichnet zu Frau Racers Plätzchen paßt. Paps, was hältst du davon, wenn wir ihm das vorschlagen, anstatt mit ihm zum Eisessen zu gehen?"

„Ja, das ist eine gute Idee, Linda", meinte ihr Vater. „Doch das kommt mit Sicherheit teurer als meine Arztrechnung", fügte er schmunzelnd hinzu.

„Ich werde Toby morgen fragen", sagte Linda. „Übrigens, ich komme morgen etwas später in den Tier-Treff, weil ich vorher auf den Markt muß. Frau Racer ist ja morgen nicht da."

„Darf ich dich begleiten, Linda?" wollte Erin wissen. „Frau Racer nimmt mich auch immer mit. Ich kann dir sagen, wo sie immer einkauft. Die Staubs haben die besten Eier, und das Brot holt sie nur bei den Geiselmans."

Essex hatte eine große Markthalle, wo die Bauern aus der näheren Umgebung donnerstags und samstags ihre Produkte verkauften. Die Sachen dort ließen sich nicht vergleichen mit denen in den Supermärkten, wo sie fein säuberlich abgepackt, in Plastikfolien oder Behältern, zum Kauf angeboten wurden. Auf dem Bauernmarkt dagegen war alles ganz frisch und unverpackt. Das Obst und Gemüse kam direkt von den Feldern; das Fleisch stammte von Tieren, die die Bauern selbst geschlachtet hatten; die Backwaren waren noch warm, denn sie waren soeben aus dem Ofen gekommen. Selbst von Baltimore und Philadelphia kamen die Leute zu diesem

Markt in Essex, weil er wegen seiner Ursprünglichkeit eine Seltenheit darstellte.

„Fein“, sagte Linda. „Ich habe gehofft, du würdest mitkommen, denn ich kenne mich nicht gut auf dem Markt aus. Dazu bin ich viel zu selten dort. Ich verlasse mich also beim Einkauf ganz auf dich.“

„Ich muß aber nicht mitkommen?“ wollte Teddy wissen. „Ich und Sparky gehen nämlich mit Billy, Eric und den anderen Fußball spielen.“

Erin zog eine Augenbraue hoch und verbesserte ihren Bruder: „Sparky und ich gehen Fußball spielen.“

„Ach was, du willst auch mitspielen? Ich denke, du gehst mit Linda zum Markt?“ fragte Teddy.

„Erin hat dich sprachlich verbessert“, mischte sich nun der Tierarzt ein. „Es muß heißen: Sparky und ich. Sag mal, was hast du in den drei Jahren Schule eigentlich gelernt?“

Teddy grinste seinen Vater an und meinte: „Ich und Billy und Eric und Sparky haben Fußball spielen gelernt!“

Linda verkniff sich das Lachen und sagte: „Paps, ich glaube, du gibst es besser auf. Teddy ist ein hoffnungsloser Fall. Wir sind noch immer nicht mit unserer Besprechung fertig. Es muß noch geklärt werden, was die Tiere zu fressen bekommen und wer sich um die Einladungskarten kümmern soll.“

„Wir können die Einladungen erst dann verschicken, wenn wir wissen, an welchem Tag das Fest stattfindet“, gab Jill zu bedenken.

Erin legte ihr Notizheft auf Clevelands Rücken und schlug die letzte Seite auf, auf die sie einen Kalender geklebt hatte. „Wie wäre es mit Samstag, den zehnten Juni, Paps?“

Dr. Taylor nickte. „Klingt gut. Wir schließen die Klinik am Samstag früher als sonst, und so könnte die Party um vier Uhr nachmittags beginnen.“

„Da fällt mir gerade etwas ein, Paps“, sagte Linda. „Findet nicht an dem Tag die Hundeausstellung des Tierschutzvereins statt?“

„Nein, die ist am Sonntag, dem elften“, erwiderte ihr Vater. „Wir haben gerade gestern in unserer monatlichen Vorstandssitzung darüber gesprochen. Der zehnte paßt ausgezeichnet. Nun aber zu den Einladungen ...“

Als sie endlich alles bis ins kleinste Detail besprochen hatten, war es fast acht Uhr abends. Da klingelte es an der Tür.

„Ich sehe nach“, sagte Linda. Als sie die Haustür öffnete, stand Frau Sparks vor ihr, einen aufgespannten Regenschirm in der Hand.

„Hallo, Linda“, sagte sie, „da es zu regnen begonnen hat, bin ich rasch vorbeigekommen, um Sparky abzuholen, damit sie nicht im Regen mit dem Rad nach Hause fahren muß. Sie kann ja das Fahrrad morgen bei euch abholen, wenn ihr nichts dagegen habt.“

„Klar, ein Rad mehr oder weniger, was macht das schon?“ sagte Linda lachend. „Kommen Sie doch rein, Frau Sparks. Platz, Jocko! Platz, Sunshine!“ befahl sie den Hunden, die aufgeregt umhersprangen und Frau Sparks mit lautem Gebell begrüßten. „Tut mir leid, aber sie sind schrecklich ungezogen.“

„Ist schon gut, Linda. Das stört mich nicht“, sagte Frau Sparks und klappte ihren Schirm zu. „Ich bleibe gleich hier, sonst trage ich euch Schmutz ins Haus. Sage Sparky, daß ich hier bin.“

Linda beobachtete Frau Sparks eine Sekunde lang, wie sie sich zu den Hunden hinunterbeugte, um sie zu kraulen. Sie war sehr hübsch mit ihren leicht geröteten Wangen und dem kurzgeschnittenen Haar, das ein wenig vom Wind zerzaust war. Unwillkürlich mußte Linda an ihre Mutter denken, die noch hübscher gewesen war. Frau Sparks arbeitete für einen Steuerberater, und wann immer Linda sie gesehen hatte, trug sie ein perfekt geschneidertes Kleid oder Kostüm. Aber so wie jetzt, in Jeans, Tennisschuhen und einer Windjacke, erkannte Linda sie kaum.

Dr. Taylor muß es ähnlich ergangen sein, denn als er in den Flur hinaustrat, um nachzusehen, wer gekommen war, machte er ein erstauntes Gesicht.

„Frau Sparks ist gekommen, um Sparky abzuholen“, sagte Linda zu ihm, als sie zurück ins Wohnzimmer ging.

„Sparky, deine Mama ist da“, rief Linda.

„Mist!“ Sparky ging mit dem Kater am Arm auf den Flur hinaus. „Muß ich wirklich schon nach Hause gehen, Mama? Ich wollte noch so gerne mit Teddys Hamstern spielen.“

„Dafür ist es jetzt zu spät, Kleines“, sagte ihre Mutter. „Ihr spielt ohnedies morgen den ganzen Tag. Da mußt du gut ausgeschlafen sein.“ Sie lächelte Dr. Taylor zu. „Danke, daß Sie meine Tochter zum Abendessen eingeladen haben. Ich hoffe, sie hat nicht wie ein Scheunendrescher zugeschlagen."

„Beinahe", rief Teddy und zog an einem von Sparkys Zöpfen.

„Laß das, Teddy", sagte sein Vater. „Sparky ist immer gern bei uns gesehen, Frau Sparks. Übrigens vielen Dank, daß Sie sich bereit erkärt haben, für unser Fest nächsten Monat Kartoffelsalat zu machen."

Frau Sparks sah ihn erstaunt an. „Ach, habe ich das?"

„Ich habe das gesagt, Mama", erklärte Sparky ihr. „Du machst ihn doch, oder? Ich helfe dir beim Kartoffelschälen. Ehrenwort. Es wird ein tolles Fest werden mit einer Menge Leute und vielen Tieren und ..."

„Ich schlage vor, du erzählst mir das alles auf dem Heimweg", unterbrach Frau Sparks sie. „Jetzt aber verabschiede dich von allen. Teddy, willst du morgen zum Mittagessen zu uns kommen?"

„Ja, gern." Teddy nahm Sparky den Kater ab und legte ihn sich über die Schultern. „Also dann bis morgen, Sparky."

„Bis morgen, Teddy!"

„Aber Sie müssen wirklich keinen Kartoffelsalat machen", sagte Dr. Taylor. „Sie sind auch so herzlich eingeladen."

„Frau Sparks lachte. „Nein, nein, den mache ich gerne und was immer Sie sonst noch brauchen. Das ist das erste Mal, daß ich auf eine Party gehe, zu der auch Tiere geladen sind."

„Übrigens, auch für mich ist es das erste Mal", sagte Dr. Taylor lachend und reichte ihr zum Abschied die Hand.

3 4357-8

Auf dem Bauernmarkt

Am nächsten Morgen setzte der Tierarzt Teddy bei seinem Freund Eric ab und fuhr dann mit Linda und Erin zum Bauernmarkt weiter.

„Ich komme gegen elf in die Praxis", sagte Linda zu ihrem Vater.

„Ich wünsch' dir was, Paps", sagte Erin. „Und arbeite nicht zuviel." Sie küßte ihn zum Abschied auf die Wange. „Ich gehe anschließend in die Ballettstunde und danach zu Olivia. Ich esse bei ihr, und dann wollen wir uns einen Ballettfilm im Fernsehen anschauen. Zum Abendessen bin ich längst wieder zu Hause."

„Geht in Ordnung. Also dann bis später, Kinder", sagte Dr. Taylor, bevor er weiterfuhr.

Linda und Erin gingen, jede mit einem Korb unter dem Arm, auf die Markthalle zu. Obwohl es erst neun Uhr war, ging es rege zu. Dennoch schienen die Leute keine Eile zu haben. Sie suchten sich in aller Ruhe die reifsten Äpfel aus, den prächtigsten Kohlkopf, das schönste Gebäck und die frischesten Eier. Sie unterhielten sich mit Freunden und Bekannten oder mit den Bauern, und manchmal blieben sie auch zum Mittagessen da, das sie auf langen Tischen, die mit Wachstüchern bedeckt waren, einnahmen.

Da Linda samstags im Tier-Treff arbeitete, war sie schon einige Monate nicht mehr auf dem Markt gewesen. Um so mehr genoß sie jetzt das prächtige Farbenspiel und die herrlichen Düfte. „Es hat sich nichts verändert", stellte sie glücklich fest. „Erinnerst du dich, wie uns Mutter früher immer hierher mitnahm und uns frische Brezen kaufte?" fragte sie Erin.

Erin nickte. „Und Honigkuchen bei Millers, und Krautsalat, der ihr so schmeckte ..."

„Erinnerst du dich, wie Teddy einmal Wacholderbeeren pflückte und Mama eine Riesenangst bekam, daß er welche geschluckt hätte? Ich glaube, er war etwa vier damals ..."

Die beiden Schwestern schwiegen einen Augenblick lang und dachten an ihre Mutter, die so schön und lieb gewesen war. Die meiste Zeit vermieden sie es, von ihr zu sprechen, aber in Gedanken waren sie oft bei ihr, und Linda wußte, daß sie sie ihr Leben lang vermissen würden. Sie warf Erin einen Blick zu und sah, daß ihr Gesicht plötzlich ganz traurig geworden war. „Verflixt noch mal, hast du die Einkaufsliste eingesteckt, oder habe ich sie?" Sie kramte in ihrer Jeanstasche. „Ich war ganz sicher, daß ich sie habe, aber ich kann sie nicht finden."

„Oh, Linda, sag bloß, du hast sie verloren! Hast du auch in den anderen Hosentaschen nachgesehen oder in deiner Jacke?"

Linda steckte die Hand in die Seitentasche ihres Blousons und zog die Liste hervor. „Da ist sie ja!" rief sie, wenngleich sie wußte, daß sie da sein mußte. Doch sie wollte Erin ablenken, was ihr auch gelungen war. „Aber du hast das Geld eingesteckt, oder?"

Erin hielt ihr die Geldbörse vor die Nase und sagte: „Na, klar. Aber jetzt, nichts wie los!"

„Als erstes kaufen wir Brot", schlug Linda vor. „Sagtest du, das holen wir bei Staubs?"

„Nein, bei den Geiselmans. Dort drüben neben dem Fleischstand, der dem Pollard gehört."

Lindas Augen wanderten über das Schweinefleisch und die vielen Würste und Schinken. Herr Pollard war zwar ein sehr netter Mann, aber Linda hatte viele seiner Schweine kennengelernt, als sie sich noch im Stall tummelten. Zum Glück war er gerade mit einem Kunden beschäftigt, so daß er sie nicht bemerkte.

„Glauben Sie mir, Herr Müller, das sind die besten Schweinefüße von ganz Pennsylvania", hörte sie ihn sagen und schüttelte sich dabei.

„Was sollen wir nehmen, Linda? Geschälten oder ungeschälten Weizen?" frage Erin.

„Ungeschälten", erwiderte Linda. „Gib mir doch etwas Geld, dann besorge ich den Käse, während du die Würste kaufst."

Während Linda am Käsestand wartete, bis sie an der Reihe war, kam Frau Myers, die sie aus der Praxis ihres Vaters kannte, auf sie zu. Frau Myers war Anfang sechzig, klein und zierlich. Sie war zu jedermann freundlich und kam ziemlich oft mit Ling-Ling, ihrem Pekinesen, in die Tierklinik. Aber nicht weil der Hund krank war, sondern weil Frau Myers sich ständig einbildete, daß ihrem Liebling etwas fehlte. Doch heute war sie völlig durcheinander.

„Mein Gott, Linda, es ist etwas Schreckliches passiert!“ jammerte sie und stellte ihren randvoll gefüllten Korb auf den Boden. „Ich bin total verzweifelt!“

„Hat Ling-Ling wieder Bauchschmerzen?“ fragte Linda voll Mitgefühl.

Frau Myers schüttelte den Kopf. „Nein, diesmal geht es um sein Äußeres!“

„Hat er die Räude?“ mutmaßte Linda.

Frau Myers wandte sich beleidigt ab. „Natürlich nicht! Aber eines Tages wird er sie bekommen oder etwas noch Schlimmeres, denn Ida Potter schließt ihren Hundesalon!“

Idas Hundesalon war der einzige in der Stadt, und Linda nahm an, daß Ling-Ling zu ihren Stammkunden zählte.

„Das ist wirklich ärgerlich, Frau Myers“, sagte sie höflich. „Das höre ich heute zum erstenmal.“

„Eine wahre Katastrophe ist das“, klagte Frau Myers. „Ida hat beschlossen, in Rente zu gehen, und noch dazu in Florida! Unverantwortlich nenne ich so was, wirklich unverantwortlich! Wer wäscht und fönt nun jede Woche meinem Ling-Ling das Fell, wenn Ida nicht mehr da ist? Er wird total verkommen! Und glaub mir, ich bin nicht die einzige, die völlig ratlos ist, jeder Hundebesitzer in Essex wird verzweifelt sein.“

Linda bezweifelte das, aber sagte dennoch: „Dann wird den Leuten nichts anderes übrigbleiben, als ihre Tiere selbst zu waschen. Wir tun das auch. Weder Jokko noch Sunshine sind jemals in einem Hundesalon gewesen, und sie sehen trotzdem recht ordentlich aus.“

„Ja, aber deine Hunde sind nicht reinrassig wie Ling-

Ling. Die reinrassigen jedoch bedürfen einer sehr sorgfältigen Pflege. Ach, was soll ich nur tun?"

„Ist was passiert, Frau Myers?" erkundigte sich Erin, als sie vom Fleischkaufen kam.

„Ida Potter schließt ihren Hundesalon und zieht nach Florida. Jetzt muß Ling-Ling auf seine wöchentliche Fellwäsche verzichten", erklärte ihr Linda und versuchte, möglichst ernst zu bleiben.

„Oh, das ist aber jammerschade", sagte Erin bestürzt. „Weiß es Ling-Ling schon?"

„Ich habe es ihm noch nicht gesagt", gestand Frau Myers und seufzte. „Aber wenn er es erfährt, wird er sicherlich zutiefst betrübt sein. Oh, dort sehe ich gerade Maybella Wentworth! Sie bringt auch immer ihre Siamkatze Tuptim zu Idas Tiersalon. Ich werde sie gleich fragen, ob sie die schreckliche Nachricht schon gehört hat ..." Sie hob eilig ihren Korb auf und trippelte davon. „Huhuu, Maybella! Weißt du schon, was passiert ist?" rief sie der Freundin zu.

Linda und Erin sahen sich an, und nachdem sie sich vergewissert hatten, daß Frau Myers sie nicht mehr hören konnte, brachen sie in schallendes Gelächter aus.

„Was manche mit ihren Hunden für ein Theater machen, findest du nicht auch?" meinte Erin.

„Das kannst du mir glauben! Besonders die Myers und die Wentworth. Andererseits muß man bedenken, daß beide ganz allein sind. Sie haben keine Familie, und ihre Tiere ersetzen ihnen die Kinder."

„Ich glaube, jeder Mensch braucht ein Wesen, dem er seine Liebe schenken kann", meinte Erin nachdenklich.

„Selbst wenn es nur ein kleines Hündchen ist wie Ling-Ling.“

„Ein reinrassiges aber“, fügte Linda scherzhaft hinzu. „Und reinrassige brauchen eine ganz spezielle Pflege. Das hat mir vorhin die Myers erzählt, als du noch nicht da warst. Komm, besorgen wir noch rasch die anderen Sachen, sonst schaffe ich es nicht, bis elf im Tier-Treff zu sein und du in deiner Ballettstunde.“

Als die beiden Mädchen endlich alles beisammen hatten, was auf Frau Racers Liste stand (zusätzlich hatten sie sich zwei Brezen genehmigt), war es zehn vorbei. Ihre Körbe waren randvoll gefüllt und entsprechend schwer.

„Ich glaube, wir nehmen lieber den Bus“, schlug Erin vor. „Mir tun jetzt schon die Arme weh vom Tragen. Dir auch?“

„Ja. Du hast recht. Die Haltestelle ist gleich dort drüben. Oh, Mist! Jetzt ist gerade ein Bus weggefahren“, ärgerte sich Linda.

„Das heißt, wir müssen fünfzehn Minuten warten, bis der nächste kommt“, stöhnte Erin. „Vielleicht sollten wir doch lieber zu Fuß nach Hause gehen.“

„Nimm den Korb in die andere Hand, und ich helfe dir beim Tragen“, schlug Linda der jüngeren Schwester vor. „Mir macht das Schleppen weniger aus.“

„Danke“, sagte Erin erleichtert.

Sie waren gerade einen Häuserblock weit gegangen, als jemand sie anhupte und eine alte blaue Limousine neben ihnen anhielt.

„Wollt ihr mitkommen, ihr beiden?“ sagte die Frau am Steuer. Es war Donna Hartman, die in Ida Potters Tiersalon arbeitete.

„Vielen Dank, Donna. Du kommst wie gerufen“, sagte Linda.

„Also dann, steigt rasch ein. Erin, du setzt dich nach hinten. Paß aber auf, die Tür klemmt und schließt nur schwer.“

Linda und Erin nahmen in dem Wagen Platz, und nachdem sie Donna sagten, wohin sie sie bringen sollte, fragte Linda sie: „Was wirst du denn tun, wenn Idas Tiersalon schließt?“

Donna sah sie von der Seite an und zwang sich zu einem Lächeln. „Ah, habt ihr schon davon gehört? Aber das überrascht mich nicht. In unserer Stadt spricht sich alles schnell herum.“ Sie fuhr sich mit den Fingern durch ihr blondes, gekräuseltes Haar und kniff die grellrot geschminkten Lippen zusammen. Donna trug immer ein perfektes Make-up und hatte eine Frisur wie die Pudel, die sie trimmte.

„Um ehrlich zu sein, Linda, ich habe keinen blassen Schimmer. Ich war wie vom Blitz gerührt, als Ida mir sagte, daß sie den Laden schließt. Sie hat mich gefragt, ob ich ihn übernehmen will, aber ich wäre nie eine gute Geschäftsfrau. Außerdem habe ich nicht das nötige Geld, um den Laden zu kaufen.“ Donna schüttelte traurig den Kopf und fuhr dann fort: „Wahrscheinlich werde ich nebenbei ein paar Kunden betreuen. Aber ich muß mir auf alle Fälle einen neuen Job suchen. Jim, ich meine, mein Mann und ich, wir könnten niemals von der Tankstelle allein leben ...“

„Du solltest jetzt links abbiegen, Donna“, unterbrach Erin sie.

„Danke, Kleines. Bei den Sorgen, die ich im Augenblick habe, wäre es kein Wunder, wenn ich noch in eine Hauswand krache“, seufzte Donna und bog in die Prinzess-Straße ein, wo sie gerade noch zwei alten Damen, die sich soeben begrüßten, ausweichen konnte. „Verzeihung!“ rief sie den beiden, die zu Tode erschrocken waren, zu.

„Wir haben auf dem Markt Frau Myers getroffen. Sie ist untröstlich, daß Ida wegzieht.“

„Wie so viele andere auch in der Stadt“, fügte Donna hinzu. „Ich finde, es ist ganz wichtig, daß ein Hund oder eine Katze gepflegt aussehen. Natürlich ist das Waschen und Scheren des Fells nicht so wichtig wie all das, was euer Vater für sie tut, wenn sie krank sind. Jim und ich, wir werden Doc ewig dankbar dafür sein, daß er unseren Dalmatiner nach dem schrecklichen Autounfall wieder auf die Beine gekriegt hat. Aber es gibt eine Menge Leute, die einfach nicht wissen, wie man ein Tier sauberhält und pflegt. Manche sind auch einfach zu alt und zu schwach, um ihren Hund hin und wieder zu baden. Und vergiß nicht all jene, die ihre Hunde und Katzen zu Austellungen bringen, für die sie besonders schön aussehen müssen. Du kannst dir nicht vorstellen, wie viele verschiedene Schuren es gibt.“ Donna bog jetzt in den kleinen Seitenweg ein, in dem das Haus der Taylors stand. „So, da wären wir“, sagte sie. „Nächstes Mal, wenn wir uns sehen, werde ich vielleicht schon bei

Woolworth arbeiten. Ich habe mich gestern um eine Stelle als Verkäuferin beworben. Könnt ihr eure Körbe tragen?"

Linda und Erin sagten, daß sie allein zurechtkämen, und Donna fuhr weiter und winkte ihnen aus dem Wagenfenster zu.

„Arme Donna!" meinte Erin, als sie auf den Hauseingang zugingen. „Sie kann einem wirklich leid tun, findest du nicht auch?"

„Natürlich", sagte Linda. „Ich glaube nicht, daß sie in einem Warenhaus glücklich sein wird. Sie hat eine so geschickte Hand für Tiere. Jeder, der sie kennt, sagt das, selbst Susan Bascombe. Susans Mutter brachte regelmäßig ihren Zwergpudel Marie Antoinette zum Trimmen. Susan dreht mit Sicherheit durch, wenn sie erfährt, daß der Salon schließt. Aber die regt sich sowieso andauernd über was auf." Susan Bascombe ging mit Linda in dieselbe Klasse, aber das war auch das einzige, was die beiden Mädchen miteinander verband.

Linda und Erin gingen ins Haus und trugen die Sachen, die sie gekauft hatten, in die Küche.

„Weißt du, Linda, ich habe immer gedacht, daß ein Schönheitssalon für Tiere etwas Blödes ist. Aber Donna hat recht, wenn sie sagt, daß Tiere gepflegt aussehen müssen und viele Leute sie nicht selbst waschen und scheren können. Ich glaube, daß Idas Laden wirklich wichtig war. Außerdem, wie sollte man einen Pudel von einem Schnauzer auseinanderhalten können, wenn sie nicht verschieden geschoren wären? Susan mag ja eine Zimtzicke sein, aber Marie Antoinette sieht wahnsinnig süß aus, so wie sie getrimmt ist." Erin warf einen Blick auf ihre beiden Hunde, die um sie herumschlichen, in der Hoffnung, sie würden etwas zu fressen bekommen. „Wie fändest du denn Jocko mit einer Haarschleife auf dem Kopf?" fragte sie Linda.

„Lächerlich", kam es prompt zurück. Doch Linda konnte sich das Schmunzeln nicht verkneifen, als sie sich ihren Hund mit einer roten Schleife in dem schwarz-weiß gefleckten Fell vorstellte, und mußte unwillkürlich an ein Geburtstagsgeschenk denken. „Gib mir etwas von dem Sellerie, damit ich ihn zum grünen Salat lege", sagte sie.

„Ich wünschte, wir könnten Donna helfen", meinte Erin und seufzte tief.

„Ich auch ...", sagte Linda. „Warte, ich glaube, ich habe eine tolle Lösung gefunden!"

„Was für eine denn?"

„Nun ja, es gibt doch auch Tierkliniken, wo man die Hunde auch baden und scheren lassen kann. Wenn der Tier-Treff ausgebaut ist, haben wir eine Menge Platz. Ich werde Paps fragen, ob er nicht Donna einstellen möchte und einen Hundesalon einrichtet. Was meinst du?"

„Oh, Linda, das wäre super!" rief Erin begeistert. „Schlag ihm das heute noch vor!"

„Ja, darauf kannst du dich verlassen", sagte Linda. „Fragen kostet ja nichts."

Erin schaute auf die Küchenuhr. „Oh, es ist schon Viertel vor elf!" rief sie. „Ich muß gehen, sonst komme ich zu spät und Fräulein Tamara flippt aus."

„Dann beeil dich! Ich räume die Sachen weg.“ Linda schmunzelte vor sich hin und meinte: „Zum Glück feuert mich mein Boß nicht, wenn ich nicht auf die Minute pünktlich bin.“

Erin holte rasch ihren Ballettbeutel und stürmte mit wehenden Haaren zur Hintertür hinaus.

Linda konnte gerade noch im letzten Augenblick den Käse vor Cleveland in Sicherheit bringen, der bereits an dem Papier schnupperte. Was würde wohl ihr Vater zu ihrem Vorschlag sagen? fragte sie sich. Toby würde sie sicher für verrückt halten. Sie hörte ihn schon sagen: „Ein Schönheitssalon im Tier-Treff? Du hast wohl nicht alle Tassen im Schrank!“

Der Apfel fällt nicht weit vom Stamm

„Ein Schönheitssalon im Tier-Treff? Du hast wohl nicht alle Tassen im Schrank!“ rief Toby, als Linda ihm von ihrer Idee erzählte.

Linda seufzte. „Damit habe ich gerechnet, daß du das sagen würdest“, sagte sie gelassen. „Gibst du Fluffy Henderson heute seine Tabletten, oder soll ich es tun?“

Toby öffnete den Käfig, in dem der schwarze Langhaarkater lag. „Ich mach' das schon. Ich habe die Tabletten bereits bei mir.“ Er klemmte Fluffy unter dem linken Arm fest und steckte ihm zwei kleine Pillen ins Maul. Dann strich er mehrmals mit den Fingern über die Kehle des Katers, damit die Tabletten leichter nach

unten rutschten. „Das war's schon, mein Kleiner", sagte er. „Bald bist du deine Würmer los."

Der Kater warf Toby einen verächtlichen Blick zu, als dieser ihn wieder in den Käfig steckte, und begann sich augenblicklich das Fell zu putzen.

Linda schaute auf die Medikamentenliste. „Damit wären wir hier in der Krankenstation fertig", sagte sie. Pat will heute schon früher gehen. Ich übernehme die Anmeldung, solange du Mittagspause machst. Da ich so spät gekommen bin, kann ich darauf verzichten."

Toby verließ mit Linda die Krankenstation, an die der neue Seitenflügel angebaut wurde. Zu diesem Zweck war eine Wand durchbrochen und mit Plastikfolie abgedeckt worden. Die Handwerker machten gerade Mittagspause, und so wurde ausnahmsweise nicht gehämmert und gebohrt.

„Das kann doch nicht dein Ernst sein, Linda. Möchtest du wirklich, daß im Tier-Treff ein Schönheitssalon für Hunde und Katzen errichtet wird?" griff Toby das Thema wieder auf.

„Aber eine Menge Leute sind auf Idas Tiersalon angewiesen, weil sie ihre Langhaarkatzen und Hunde nicht selbst waschen und trimmen können", versuchte Linda ihm klarzumachen. Sie öffnete die Tür zur Anmeldung. „Hallo, Pat", begrüßte sie die Sprechstundenhilfe, die hinter ihrem Schreibtisch saß. „Du kannst jetzt ruhig gehen, ich vertrete dich."

Pat Dempwolf stand auf und zwängte sich in ihre Strickjacke. „Es sind nicht mehr viele Patienten vorgemerkt", sagte sie zu Linda. „Dafür habe ich eine Menge

Reservierungen für die Tierpension vorgenommen. Ich habe sie alle in den roten Terminkalender eingetragen, damit wir sie nicht mit den normalen Terminen verwechseln. Hallo, Toby, was machst du denn für ein saures Gesicht? Stimmt was nicht?“ wandte sie sich dem Jungen zu.

Toby brummte etwas vor sich hin, und das einzige, was Pat verstand, war das Wort Schönheitssalon.

„Ganz recht, ich gehe jetzt zur Kosmetikerin“, sagte Pat gutgelaunt. „Woher weißt du das denn? Ich muß mir wieder mal die Wimpern färben lassen. Linda, bitte richte deinem Vater aus, daß ich Dienstag früh zur üblichen Zeit wieder da bin. Tschüs, ihr beiden.“

Pat klemmte sich ihre Handtasche unter den Arm und marschierte freundlich nickend an den Leuten vorbei, die mit ihren Hunden und Katzen im Wartezimmer saßen.

Linda nahm hinter dem Schreibtisch Platz und öffnete das rote Buch. „Toll! Der Juli ist fast ausgebucht“, rief sie Toby zu.

„Hast du deinem Vater schon von deiner Idee erzählt?“

„Noch nicht. Hatte noch nicht die Gelegenheit dazu, weil er im Augenblick so viel zu tun hat.“

„Ich finde sie jedenfalls hirnrissig, und ich wette, er tut es auch.“

„Donna ist wirklich gut in ihrem Job, Toby, und sie ist auch unheimlich nett. Sie braucht dringend Arbeit, und es gibt eine Menge Leute, die auf sie angewiesen sind.“

„Daß ich nicht lache! Wozu brauchen denn Hunde einen Schönheitssalon? Die Hunde auf unserem Hof würden draufgehen, wenn wir ihnen so was antäten! Und außerdem würden sich meine Brüder scheckig lachen, wenn sie erführen, daß ich auch in einem Hundesalon arbeite!"

In diesem Augenblick wandte sich eine elegant gekleidete Dame mit einem Katzenkorb in der Hand an Linda: „Entschuldige, Linda, aber ich warte schon eine Ewigkeit mit Tiger. Könntest du bitte deinem Vater ausrichten, daß ich um halb zwei im Frauenclub sein muß, und wenn Tiger nicht in den nächsten fünfzehn Minuten drankommt, schaffe ich es nicht, rechtzeitig dort zu sein", sagte sie in einem freundlichen, aber dennoch bestimmten Ton.

Linda schlug sogleich den Terminkalender auf und sah nach, für welche Zeit Frau Desmond eingetragen war. „Im Augenblick untersucht er gerade Hank Snyders Meerschweinchen. Squeaky hatte einen Termin um halb eins. Es kann nicht mehr lange dauern, bis Sie an der Reihe sind."

„Das will ich doch hoffen", sagte Frau Desmond pikiert. „Mein armer Tiger leidet fürchterlich, er kratzt sich in einem fort, und sein Hals ist schon ganz blutig."

„Wahrscheinlich hat er Flöhe", mischte sich Toby ein, im Glauben, Frau Desmond zu beschwichtigen.

„Was, Flöhe?" empörte sie sich. „Das ist ausgeschlossen, er trägt nämlich ein Flohhalsband, und ich stäube ihn jeden Tag mit Flohpuder ein. Nein, ich bin ganz sicher, daß es irgendeine obskure Hautkrankheit ist. Mein Tiger hat ja eine so empfindliche Haut."

Tiger gab ein klägliches Miauen von sich.

„Wenn es noch länger dauern sollte, gehe ich ins Behandlungszimmer", versprach Linda Frau Desmond. Dann wandte sie sich wieder Toby zu. „Es wäre mir sehr lieb, wenn du dich aus der Sache raushieltest. Ein Hundesalon dient nicht nur der Schönheit, sondern auch der Gesundheit der Tiere. Paps sagt immer: ‚Ein sauberes Tier ist meist auch ein gesundes Tier.' Und manche Leute brauchen eben Hilfe bei der Pflege ihrer Hunde."

„Da hast du völlig recht, Linda", ertönte die Stimme einer kleinen alten Frau, die geduldig wartend mit ihrem langhaarigen Bastard dasaß. „Mein Gott, wie würde Lulu, die immer draußen auf dem Hof herumtollt, bloß aussehen, wenn ich sie nicht regelmäßig in den Hundesalon brächte? Ida Potter und Donna waschen ihr das Fell und bürsten sie. Ich wäre dazu nicht imstande, denn Lulu haßt Baden. Außerdem ist sie so schwer, daß ich sie gar nicht in die Wanne heben könnte." Sie beugte sich zu der Hündin hinunter, um sie zu streicheln, und Lulu leckte ihr dankbar die Hand.

„Aber Lulu ist doch nicht krank, Frau Warden?" fragte Linda.

„Nein, nein, ich lasse sie nur einmal im Jahr gründlich untersuchen", erwiderte Frau Warden. „Wie du vorher sagtest: Ein sauberes Tier ist auch ein gesundes Tier. Und dank Idas Hundesalon trifft das auf meine Lulu zu." Doch plötzlich machte sie ein sorgenvolles Gesicht und meinte bedauernd: „Ich weiß nicht, was ich tun soll, wenn Ida ihren Laden schließt. Lulu haßt es, wenn

4 4357-8

ihr Fell nicht sauber ist, und ich ebenso." Sie schaute Toby an und hob den Zeigefinger. „Also, mach dich nicht lustig über Idas Hundesalon, junger Mann! Nicht alle bringen ihre Hunde nur um der Schönheit willen zu Donna. Insbesondere wir alten Leute brauchen sie allein der Hygiene wegen. Vergiß das nicht."

„So war das auch nicht gemeint, Frau Warden", brummte Toby und flüsterte dann Linda zu: „Mensch, hier kann man auch gar nichts sagen, ohne daß es gleich einer aufschnappt!"

Da öffnete sich die Tür des Behandlungszimmers, und Hank Snyder, ein schlaksiger junger Mann mit einem kleinen Karton in der Hand, den er fest an die Brust drückte, kam heraus. „Nochmals vielen Dank, Doktor", rief er Dr. Taylor zu, bevor er die Tür hinter sich zumachte.

Während er Linda die Behandlung bezahlte, steckte Dr. Taylor den Kopf ins Wartezimmer und lächelte Frau Desmond zu. „Nun wollen wir uns mal Tiger ansehen", sagte er. „Tagt heute nicht wieder der Frauenclub? Keine Sorge, das werden wir gleich haben."

Ein Leuchten ging über Frau Desmonds Gesicht, als sie den Katzenkorb vom Boden aufhob und in das Behandlungszimmer stolzierte.

„Sag mal, Paps, weißt du schon, daß Ida Potter ihren Hundesalon schließt?" fragte Linda eine Stunde später ihren Vater, während dieser sich in aller Eile ein Sandwich mit Schinken und Käse genehmigte.

Er nickte nur, und nachdem er einen Bissen hinuntergeschluckt hatte, meinte er: „Das ist doch schon Stadtgespräch. Wirklich sehr bedauerlich."

Die Handwerker hatten wieder zu hämmern begonnen, so daß Linda schreien mußte, damit ihr Vater sie noch verstand. „Jetzt ist Donna Hartman arbeitslos."

„Ja, so ist es. Kann ich noch eine Essiggurke haben?"

Linda reichte ihm eine besonders große. „Paps, ich hätte da eine Idee ..."

„Ich auch", unterbrach ihr Vater sie und biß in die Gurke. Er kaute eine Weile, ehe er fortfuhr: „Es würde mich nicht erstaunen, wenn wir die gleiche Idee hätten. Ich dachte mir, wenn wir schon durch den Ausbau mehr Platz im Tier-Treff haben, dann könnten wir eigentlich auch einen Hundesalon einrichten. Und da Donna keine Anstellung mehr hat ..."

„Genau das war auch meine Idee!" rief Linda und strahlte über das ganze Gesicht. „Sag, willst du sie wirklich einstellen? Donna hat uns heute vom Markt nach Hause gefahren und uns erzählt, daß sie wahrscheinlich als Verkäuferin arbeiten muß, denn mit dem Gehalt ihres Mannes kommen sie nicht über die Runden. Ich fände das wirklich schade, denn alle sagen, daß sie die Hunde so wunderbar pflegt. Und sie liebt auch Tiere über alles ..."

„Bei mir rennst du offene Türen ein, Linda", sagte ihr Vater. „Schließlich kam der Vorschlag von mir!"

Linda lachte. „Nein, er war auch von mir! Da siehst du wieder mal, wie richtig es ist, wenn es heißt: Der Apfel fällt nicht weit vom Stamm."

Dr. Taylor nickte zustimmend und knüllte das Papier

zusammen, in das sein Brot eingewickelt war, und warf es in den Papierkorb. Dann stand er auf, wischte sich mit der Hand die Brotkrumen von seinem weißen Kittel, den er über Jeans und Hemd trug. „Okay, mein Apfel", sagte er und gab Linda einen Kuß. „Ich werde heute abend Donna anrufen. Aber jetzt rasch wieder an die Arbeit. Wer kommt als nächster dran?"

„Herrn Brumbaughs Irischer Setter", erwiderte Linda wie aus der Pistole geschossen. „Colleens Junge müssen in den nächsten Tagen zur Welt kommen, und Herr Brumbaugh möchte sich nur vergewissern, daß bei ihr alles in Ordnung ist. Ich sage Toby, er soll sie reinrufen." Auf dem Weg ins Wartezimmer fiel ihr plötzlich ein, daß sie sich gar nicht nach Tiger erkundigt hatte, und so fragte sie ihren Vater: „Sag mal, Paps, was fehlt Tiger eigentlich? Warum kratzt er sich in einem fort?"

„Zuviel Flohpuder", erwiderte ihr Vater, während er sich im Waschbecken die Hände wusch.

„Flohpuder? Nicht Flöhe?"

„Ja, Flohpuder. Frau Desmond hat dem armen Kater viel zuviel Flohpuder verpaßt. Stell dir vor, sie hat ihn täglich damit eingestäubt. Kein Wunder, wenn Tiger eine Allergie bekommen hat. Ich habe ihr gesagt, das Flohhalsband sei völlig ausreichend, und habe ihr ein Mittel gegen den Juckreiz und die Entzündung gegeben, die die Allergie hervorgerufen hat. Dann müßte er eigentlich ziemlich bald wieder geheilt sein, und Frau Desmond ist auch noch rechtzeitig zu ihrem Frauenclub gekommen."

Mit einem zufriedenen Lächeln im Gesicht ging Linda in die Anmeldung, wo Herr Brumbaugh und Colleen bereits auf sie warteten. Der rotbraunen Setterhündin, die sonst einen ganz schmalen Körper hatte, sah man deutlich an, daß sie in wenigen Tagen Junge bekommen würde. Im Gegensatz zu ihrem Besitzer, der das reinste Nervenbündel war, wirkte sie ganz ruhig und gelassen. Kaum sah Herr Brumbaugh Linda eintreten, erhob er sich hastig von seinem Stuhl und ergriff Colleens Leine. „Es ist fast soweit!“ rief er, und seine Stimme klang vor Aufregung viel höher als sonst. „Toby sagte mir, der Doktor macht gerade Mittagspause, wofür ich vollstes Verständnis habe. Schließlich muß jeder mal was essen. Aber es ist doch das erste Mal, daß Colleen Junge bekommt, und sie ist ein so nervöses Tier!“

Die Hündin blickte zu ihrem Herrchen hoch, dann schaute sie Linda an und wedelte freudig mit dem Schwanz.

Linda beugte sich zu ihr hinunter und streichelte ihren seidigen Kopf. „Der Doktor wird gleich kommen“, sagte sie mehr zu Colleen als zu Herrn Brumbaugh. „Kein Grund zur Besorgnis. Es wird sicher alles gutgehen.“

„Woher willst du das wissen?“ brauste Herr Brumbaugh auf und stürzte auf die Tür des Behandlungszimmers zu. „Du bist ja noch ein halbes Kind! Was verstehst denn du von solchen Dingen?“

„Linda weiß eine ganze Menge“, ertönte Tobys Stimme hinter dem Schreibtisch. „Sie hilft ihrem Vater schon seit ein paar Jahren. Wenn sie sagt, daß alles gutgehen wird, dann stimmt das auch.“

Linda warf Toby einen dankbaren Blick zu. Dann sagte sie zu Herrn Brumbaugh: „Der Doktor wird sie gleich untersuchen. Übrigens, er gehört auch nicht zu den Leuten, die den Teufel an die Wand malen."

Herr Brumbaugh brummte etwas vor sich hin, während er in den Behandlungsraum ging. Als er die Tür hinter sich geschlossen hatte, sagte Toby zu Linda: „Hast du inzwischen deinem Vater von dem Hundesalon erzählt?"

„Ja, mein Guter", sagte Linda mit zuckersüßer Stimme. „Und er hält es für eine ausgezeichnete Idee. Heute abend ruft er Donna an, um die Sache mit ihr zu besprechen."

„Puh, ausgezeichnet? Wenn ich in so einem dämlichen Pudelsalon arbeite, mache ich mich total lächerlich. Wie stehe ich denn dann vor meiner Familie und meinen Freunden da? Die werden alle sagen, daß ich jetzt so was wie ein Hundefriseur bin!"

„Kein Mensch verlangt von dir, daß du die Hunde scheren sollst", sagte Linda und stöhnte laut. „Ich habe dir schon hundertmal gesagt, daß es weitaus mehr ist als nur ein Schönheitssalon. Du hast doch gehört, was Frau Warden sagte? Lulu würde total vergammeln, wenn sie in Zukunft niemand mehr baden und bürsten würde, wozu Frau Warden aus Altersgründen nicht fähig ist."

Linda setzte sich nun an Tobys Stelle hinter den Schreibtisch der Sprechstundenhilfe.

„Na ja, vielleicht hast du nicht ganz unrecht, zumindest was Lulu betrifft", meinte Toby schließlich. „Aber ich finde trotzdem, daß es eine hirnrissige Idee ist." Er ging zur Tür, und bevor er sie öffnete, rief er Linda noch zu: „Ich geh' mal nach der Kuh mit der Scherpilzflechte sehen. Es ist Zeit für ihre Medikamente. Wenn ich schon sonst nichts von Tieren verstehe, mit Kühen kenne ich mich aus. Die brauchen wenigstens keinen Schönheitssalon!"

„He, Linda, was höre ich da von Toby? Doc möchte unseren Tier-Treff in einen Hundesalon umwandeln?" sagte Mike Strickler, als ihm ein paar Stunden später die Tochter des Tierarztes über den Weg lief. Mike war für den Nachtdienst in der Tierklinik zuständig und kümmerte sich sonntags und montags, wenn die Praxis geschlossen war, um die Tiere auf der Krankenstation. Der kleine, drahtige Mann mit den O-Beinen erinnerte Linda jedesmal an den Kobold, den sie in irgendeinem Kinderbuch gesehen hatte. Niemand kannte Mikes wirkliches Alter, und wenn man ihn danach fragte, sagte er, er wäre zwischen zweiundneunzig und hundertzwölf Jahre alt. Seine blauen Augen blitzten unter dem Schirm seiner abgewetzten Baseballmütze hervor, als er Linda fragte: „Wollt ihr jetzt den Hunden Dauerwellen verpassen?"

Linda zog die Stirn kraus. „O Mike, jetzt fangen Sie nicht auch noch damit an! Es reicht schon, daß Toby mich auf die Palme bringt!"

„Nun reg dich nicht gleich so auf, Linda", beschwichtigte sie Mike, der auf den Besenstil gestützt dastand. „Es war doch nur ein Scherz. Verstehst du gar keinen Spaß mehr?"

„Natürlich, Mike", sagte Linda in einem versöhnlichen Ton. „Es ist nur, daß Toby so einen Zirkus daraus macht, weil Paps Donna fragen möchte, ob sie Lust hätte, bei uns zu arbeiten, da Ida ihren Hundesalon schließt. Wissen Sie das übrigens schon?"

„Daß Ida Potter in den Ruhestand geht und zu ihren Kindern und Enkelkindern nach Florida zieht? Natürlich ist mir das zu Ohren gekommen. Ich verstehe nicht, wie man schon so früh in Rente gehen kann?" brummte Mike und schickte sich an, den Boden zu kehren. „Ida ist doch höchstens neunundsechzig oder ein paar Jahre darunter oder darüber. Das ist doch noch kein Alter! Als ich neunundsechzig war, war ich noch nicht trocken hinter den Ohren! Bevor ich nicht hundertdreiundzwanzig bin, denke ich gar nicht daran, in Rente zu gehen."

„Da bin ich aber froh, denn was täten wir ohne Sie?" sagte Linda lachend.

„Und was Donna betrifft, so fände ich das ganz prima, wenn sie hier arbeiten würde", sagte Mike. „Ein Hundesalon im Tier-Treff, ist doch eine feine Sache. Ich hätte schon einen Namen dafür: Hundesalon ‚Seidenglanz'. Klingt das nicht vornehm? Stell dir vor, wenn dann alle diese betuchten Hundebesitzer bei uns aufkreuzen, um ihre Prachtexemplare verschönern zu lassen ..."

„Hundesalon ‚Seidenglanz' klingt wirklich toll, Mike. Ja, so sollten wir ihn nennen."

„Siehst du, manchmal hat der olle Mike auch einen guten Einfall", freute sich der Tierpfleger. „Aber ich wollte noch sagen, wenn die reichen Leute aus Harrisburg ihre Hunde zum Waschen und zum Trimmen zu uns bringen, werden sie sie mit der Zeit auch vom Doc untersuchen lassen, wenn ihre Nase rinnt oder sie irgendwelche Spritzen brauchen. Doc ist doch weit und breit der beste Tierarzt, nur geht die Schickeria lieber zu einem, der ihnen das Geld aus der Tasche zieht. Aber verlaß dich darauf, Linda, eines Tages werden sie zu Doc kommen. Ja, darauf gehe ich jede Wette ein."

„Ich bin ganz Ihrer Meinung, Mike", sagte Linda zu dem alten Tierpfleger. „Aber jetzt gehe ich zu Gray Ghost. Ich habe ihn heute noch gar nicht begrüßt, weil ich so viel zu tun hatte. Wenn ich mich beeile, dann reicht die Zeit noch für einen kurzen Ausritt."

„Weißt du, Ghost, ich glaube, Mike hat wieder einmal recht", sagte Linda zu dem herrlichen Apfelschimmel, als sie wenig später mit ihm querfeldein ritt. „Die Leute, die ihre Hunde von Dr. Callahan behandeln lassen, sind auch Ida Potters Kunden. Es werden auch einige von unseren Patienten von ihr gewaschen oder getrimmt, und die werden nun sicher zu uns überwechseln. Aber wenn Paps Donna einstellt, werden wir sicher einige Patienten von Dr. Callahan bekommen, und das würde bedeuten, daß Paps noch mehr zu tun hätte."

Der Wallach spitzte die Ohren, was er immer tat, wenn Linda mit ihm sprach.

„Obwohl ich diesen Dr. Callahan nicht persönlich kenne, ist er mir unsympathisch. Du weißt doch, Herr Merril sagte ihm damals, er solle dich einschläfern, weil du nicht mehr an Springturnieren teilnehmen könntest.

Und er wollte es tatsächlich tun! Welch ein Glück, daß er dann verreist war."

Ghost schnaubte und machte mit dem Kopf eine Nickbewegung, als wollte er andeuten, daß er verstanden hatte.

„Ich wünschte, Toby würde sich über den geplanten Hundesalon nicht lustig machen. Ich muß ihn einfach davon überzeugen, daß Hundepflege alles andere ist als Löckchendrehen und Schleifenbinden. Sonst wird er mich ewig nerven. Dabei ist er mein bester Freund ..." Linda warf einen Blick auf ihre Armbanduhr. „Was, es ist ja gleich Zeit fürs Abendessen! Wenn wir nicht auf der Stelle kehrtmachen, komme ich zu spät nach Hause. Ich verspreche dir, morgen machen wir einen ganz langen Ausritt. Ich mache in aller Frühe meine Hausaufgaben, so daß ich den ganzen Tag mit dir verbringen kann."

Der Wallach stellte die Ohren auf und trabte den Feldweg entlang, der zum Tier-Treff führte.

Donna zieht ein

Donna nahm freudig Dr. Taylors Angebot an. Sie einigten sich, daß sie Idas gesamte Ausrüstung abkaufen würde, und Dr. Taylor versprach ihr, sie für alle Ausgaben zu entschädigen. Er schlug vor, Donna sollte ihren Salon in der ehemaligen Isolierstation einrichten. Diese hatte einen separaten Eingang, so daß die Leute mit ihren Hunden kommen konnten, ohne durch das Emp-

fangszimmer der Klinik gehen zu müssen. Der Umzug könnte bereits in der nächsten Woche stattfinden. Außerdem veranlaßte Dr. Taylor gleich am Montagmorgen, daß im Lokalanzeiger bekanntgegeben würde, daß Donna Hartman, ehemalige Angestellte in Idas Hundesalon, von nun an den Hundesalon „Seidenglanz“ in der Birkenallee 7 leiten würde.

Als Linda am Dienstagnachmittag nach der Schule im Tier-Treff ankam, sah sie, daß Pat die soeben erschienene Anzeige in den Informationskasten neben ihrem Schreibtisch gehängt hatte, und zwar neben dem Artikel, der vor ein paar Monaten anläßlich Dr. Taylors und Lindas eifrigen Einsatzes beim Brand des Städtischen Tierheims in der gleichen Zeitung erschienen war.

„Du kannst dir nicht vorstellen, wie viele Anrufe wir auf unsere Anzeige hin bekommen haben“, sagte Pat erfreut. „Das Telefon hat pausenlos geklingelt.“

„Phantastisch!“ rief Linda. „Ist Toby schon da? Ich habe in den letzten zwei Tagen eine Menge gelesen und dabei etwas Interessantes erfahren, was ich ihm gerne mitteilen möchte.“

„Mir scheint, er ist drinnen beim Doktor, der gerade Frank Neilsons Basset untersucht. Wahrscheinlich handelt es sich um eine Infektion im Ohr. Könntest du mich einen Augenblick lang vertreten, denn ich muß mir ein Aspirin holen. Von diesem ewigen Gehämmer habe ich schreckliche Kopfschmerzen bekommen.“

Linda setzte sich an den Schreibtisch. Gleich darauf kam Toby mit Wrinkle aus dem Behandlungszimmer. Nachdem er ihn seinem Besitzer übergeben hatte und die beiden gegangen waren, sagte Linda zu Toby: „Ich muß mit dir reden."

„Wenn es um den Hundesalon geht, will ich nichts davon hören", wehrte Toby ab. „Außerdem braucht dich dein Vater, denn Killer ist an der Reihe. Er sagt, du bist die einzige, die den Hund dazu bewegen kann, während der Untersuchung stillzuhalten. Wir können uns ja später unterhalten."

Linda zuckte mit den Schultern und sagte: „Okay." Dann ging sie auf Herrn Williamson zu, der mit seinem winzigen Yorkshire-Terrier auf dem Schoß im Wartezimmer saß. Das Hündchen hatte ein ärmelloses Hemdchen an mit der Aufschrift „Killer", und am Kopf trug es eine blaue Seidenschleife. Killer japste laut vor Freude, als er Linda erblickte, die ihn auf den Arm nahm. „Es wird nicht lange dauern, Herr Williamson", sagte sie zu Killers Herrchen und ging kichernd mit dem Terrier ins Behandlungszimmer, da er ihr das Gesicht leckte.

Als der Tierarzt die Untersuchung beendet hatte, versicherte er Herrn Williamson, sein Liebling sei kerngesund.

Linda aber ging mit Toby in die Krankenstation. Während sie den Tieren ihre Medizin verabreichten, sagte sie zu Toby: „Ich wette, du hast die Sache mit dem Hundesalon noch immer nicht verdaut, oder?"

„Ach was, ich finde die Idee einfach doof. Wozu soll man Pudeln das Fell scheren, daß sie wie Freaks aussehen?" Er öffnete die Tür eines Käfigs, in dem ein schwarz-weißer Mischlingshund mit einem bandagierten Bein saß. „Sieh dir doch den an! Das ist ein richtiger

Hund und kein affiges Spielzeug!" sagte er zu Linda.

„Über Pudel scheinst du so gut wie nichts zu wissen", erwiderte Linda. Bevor Toby etwas sagen konnte, fuhr sie in einem Atemzug fort: „Um ehrlich zu sein, ich habe auch nichts Näheres gewußt, bevor ich in Paps' Büchern über sie nachlas. Sie waren zum Beispiel früher einmal Jagdhunde."

„Was, Pudel und Jagdhunde?"

„Ganz richtig. Man verwendete sie für die Entenjagd. Und damit sie besser schwimmen konnten, schor man ihnen Rücken und Hinterteil. Das Fell an der Brust aber ließ man lang, damit sie im Winter bei der Jagd nicht froren. Die Jäger befestigten bunte Schleifen an ihren Köpfen und Schwänzen, damit sie sie besser sehen konnten, wenn sie in Mooren und Teichen Jagd auf Enten machten. Pudel waren ausgezeichnete Apportierhunde und gute Schwimmer. Und weil sie gerne puddelten, gaben ihnen die Deutschen den Namen Pudel. Jetzt siehst du, daß alles seinen Sinn hat und die Pudel keine Modehündchen sind."

„Apportierhunde! Das ist wirklich kaum zu glauben", sagte Toby sichtlich interessiert.

„Versprichst du mir jetzt, daß du zu Donna nett sein wirst?" fragte Linda zögernd. „Mach dich bitte nicht lustig über sie."

Toby entrüstete sich: „Wofür hältst du mich denn? Natürlich werde ich nett zu ihr sein. Ihr seid mit ihr befreundet. Und warum sollte nicht auch ich es sein? Allerdings nur unter der Bedingung, daß ich nicht im Hundesalon arbeiten muß."

„Das mußt du nicht", versicherte Linda ihm, während sie den Tieren frisches Wasser gab. „Es kommt nur eine Arbeit auf dich zu ..."

„Und die wäre?" fragte Toby argwöhnisch.

„Paps möchte, daß wir die ehemalige Isolierstation ausmalen, damit sie ordentlich und hübsch aussieht, wenn Donna einzieht. Das würdest du doch tun, oder?"

„Okay, meinetwegen. Ausmalen macht mir Spaß. Welche Farbe stellst du dir denn vor?"

„Ich dachte an ein schönes Sonnengelb. Frau Racer näht gelb-weiß gestreifte Vorhänge, und dazu würden sich gelbe Wände sicher gut ausnehmen. Was meinst du?"

„Ja, kannst du haben", erwiderte Toby.

„Super. Vielleicht können Paps und ich die Farbe heute auf dem Heimweg besorgen. Und wenn morgen nachmittag nicht allzu großer Betrieb im Tier-Treff herrscht, könntest du mit dem Anstrich beginnen."

Am Donnerstag war es soweit: Der Hundesalon „Seidenglanz" erstrahlte in einem sonnigen Gelb. Ebenso gelb war aber auch Lindas und Tobys Arbeitskleidung. Am Samstagmorgen brachte Frau Racer stolz die gelb-weiß gestreiften Vorhänge an dem einzigen Fenster an. Selbst Toby mußte zugeben, daß aus dem ehemaligen Krankenzimmer ein wunderschöner Raum geworden war, der sich bestens als Hundesalon eignete. Und als am Nachmittag Donna und ihr Mann mit der kompletten Ausrüstung ankamen, waren sie hellauf begeistert.

„O Linda, was für ein herrlicher Raum!" freute sich Donna.

„Was sagst du, Jim? Gelb ist außerdem meine Lieblingsfarbe!"

Jim, der in einem ölverschmierten Overall dastand, nickte heftig, so daß seine roten Haare ihm in die Stirn fielen, und grinste breit. „Das kann man wohl sagen", meinte er. „Wir haben auch gerade unser Haus außen und innen gelb gestrichen. Und Donna hat sogar gelbe Blumen im Garten gepflanzt. Da habt ihr wirklich tolle Arbeit geleistet, Linda."

„Das meiste hat Toby getan", sagte Linda und lächelte ihrem Freund zu.

„Tüchtig, tüchtig, Junge." Jim schüttelte kräftig Tobys Hand, um ihm zu seiner Arbeit zu gratulieren. Tobys Ohren liefen vor Stolz feuerrot an.

„Das kann bald einer", sagte er bescheiden und fügte dann ziemlich formell hinzu: „Ich hoffe, Frau Hartmans Hundesalon wird ein großer Erfolg."

Jim warf den Kopf zurück und begann laut zu lachen. „Das hoffe ich auch! Noch wissen wir nämlich nicht, wie Donna das alles schaffen soll, wenn das Baby da ist. Aber bis dahin kann sie eine Menge aus dem Laden machen."

„Donna! Das wußte ich gar nicht!" rief Linda. „Herzlichen Glückwunsch! Wann ist es denn soweit?"

„Oh, erst Mitte Oktober", sagte Donna und strahlte dabei über das ganze Gesicht. „Bis dahin will ich jede Minute arbeiten. Wir müssen uns möglichst viel auf die hohe Kante legen, denn er – oder sie – soll einmal aufs College gehen. Richte deinem Vater aus, wenn es ein Junge wird, nennen wir ihn nach ihm! Und wird es ein

Mädchen, möchtest du dann seine Patin sein, Linda? Klingt das nicht wunderschön: Linda Hartman?"

Linda spürte, wie ihr die Röte ins Gesicht stieg. Sicherlich war sie jetzt so rot wie Tobys abstehende Ohren. „Gerne, Donna", sagte sie. „Ich bin noch nie Taufpatin gewesen."

„Aber es wurde doch schon jemand nach dir benannt, Linda", erinnerte Toby sie.

„Wer denn?"

„Erinnerst du dich nicht, wie letztes Jahr das Kaninchen meines Bruders Jake Junge bekam und er eines davon nach dir benannte? Heute ist Linda bereits selbst Mutter."

Linda lachte. „Solche Sachen merkst du dir wieder!" Dann wandte sie sich Donna und Jim zu und sagte: „Ich habe vollstes Verständnis, wenn ihr eure Tochter nicht nach mir und einem Kaninchen benennen wollt", woraufhin allgemeines Gelächter ausbrach.

Linda und Toby halfen den Hartmans die Kartons auszupacken, in denen Kämme, Bürsten, Scheren verschiedenster Art, Shampoos und eine Menge kleiner Fläschchen und Tuben enthalten waren, die sie auf die frisch gestrichenen Regale stellten. Toby verzog das Gesicht, als Donna eine Handvoll Seidenschleifen auspackte, die die verschiedensten Farben und Breiten aufwiesen.

Während Donna ein paar Stöße flauschiger Handtücher auf das Regal neben der Spüle stellte, die neben den zwei Badewannen angebracht war, die sie für ihre größeren Kunden mitgebracht hatte, erzählte ihr Linda

5 4357-8

von den vielen Terminen, die seit Dienstag morgen für sie gemacht wurden.

„Das hört sich ja gut an", sagte Donna erfreut. „Ida befürchtete nämlich, die Leute würden ihre Hunde nach Harrisburg bringen oder in Zukunft auf den Hundesalon verzichten. Gestern sagte sie noch zu mir, sie würde sicher schlaflose Nächte haben, wenn sie nicht wüßte, daß ihre geliebten Vierbeiner nicht in guten Händen wären, besonders die, die wir zu Hause behandelten."

„Zu Hause?" fragte Linda verwundert.

„Ja, das taten wir immer bei den Leuten, die kein Auto hatten oder die zu alt oder auch aus gesundheitlichen Gründen nicht in der Lage waren, den Hundesalon aufzusuchen. So machten Ida und ich Hausbesuche, genauso wie dein Vater. Nimm zum Beispiel Mathilda Reineman. Sie ist wegen ihrer Arthritis an das Haus gefesselt und legt großen Wert darauf, daß ihrem kleinen Spitz jeden Monat das Fell gewaschen wird. Und so fahre ich alle vier Wochen zu Mathilda aufs Land. Sie hat immer Tee und ein paar Happen vorbereitet, und nach der Arbeit setzen wir uns ein Stündchen zusammen. Sie bekommt nur selten Besuch und freut sich jedesmal, wenn wir gemütlich am Küchentisch sitzen und ich ihr den neuesten Klatsch aus Essex erzähle. Susi sitzt dann still daneben, so als hörte sie aufmerksam zu. Ja, das Alleinsein ist nicht schön. Jeder Mensch braucht eine Ansprache."

Linda nickte zustimmend. „Glaubst du, Frau Reineman würde mit Susi zu unserem Fest kommen, das wir nächsten Monat anläßlich der Eröffnung der Tierpension geben?" fragte sie. „Mike könnte sie mit dem Kombiwagen abholen und wieder nach Hause bringen. Eigentlich könnte er eine ganze Menge Leute abholen, die selbst keinen Wagen haben."

„Mathilda würde sich sicher riesig freuen", sagte Donna.

„Unglaublich, was aus unserem Tier-Treff noch alles wird!" rief Toby. „Eine Tierpension, eine große Krankenstation, ein Hundesalon und jetzt auch noch ein Taxidienst!"

„Der ist aber nur für die Party und keine Dauereinrichtung", bemerkte Linda. „Donna und Jim, ihr seid natürlich auch herzlich willkommen. Ebenso euer Dalmatiner Spotty. Meine Freundin Jill und ich werden nächste Woche die Einladungskarten verschicken."

„Mein Vater beliefert uns mit Eiscreme und Futter für die Tiere", sagte Toby.

„Donna, du könntest Krautsalat mitbringen. Der wird sicher allen schmecken", schlug Jim vor.

„Ja, das wäre phantastisch", rief Linda begeistert. „So eine tolle Party hat Essex noch nie gesehen!"

Als die Hartmans gegangen waren, sagte Toby zu Linda: „Die beiden sind wirklich nett. Eigentlich finde ich es gar nicht mehr so schlecht, daß Donna hier arbeitet."

Linda verkniff es sich zu sagen: „Das habe ich dir doch von Anfang an gesagt", sondern rief nur: „Also dann bis Dienstag!" während er auf sein Rad stieg, um nach Hause zu fahren. Dann winkte sie ihm noch lange nach.

Erins neues Hobby

Dienstag abend kam Jill zu den Taylors und brachte die Einladungskarten mit. Jills Freundin Alison, die Malerin war, hatte den angebauten Seitenflügel der Tierklinik gemalt, und Jills Vater hatte die Karten in seinem Büro vervielfältigt. Um den Text, aus dem Datum und Uhrzeit zu entnehmen waren, hatte Alison eine Menge ausgelassener Hunde und possierliche Katzen gezeichnet. Erin und Teddy halfen, die Karten in Umschläge zu stecken, damit sie Dr. Taylor am nächsten Morgen auf dem Weg zum Tier-Treff zur Post bringen konnte.

Diese Woche waren die Bauarbeiten an dem neuen Flügel beendet, und es konnte mit dem Ausmalen begonnen werden. Zu Frau Dempwolfs Erleichterung war diese Arbeit nicht mit Lärm verbunden. Als dann die Wände gestrichen waren, kamen auch die neuen Käfige und Einrichtungsgegenstände für das zweite Behandlungszimmer und die Krankenstation an.

Linda hatte so viel zu tun, daß sie sich kaum um Donna kümmern konnte. Trotzdem warf sie, wann immer es ihre Zeit erlaubte, einen Blick in den Hundesalon. Jedesmal schaute sie Donna fasziniert zu, wie geschickt sie mit den Tieren umging und wie sehr sie ihr Äußeres verschönte. Besonders gern sah sie ihr zu, wenn sie Pudeln und Schnauzern das Fell trimmte. Sie hatte zwar schon des öfteren einem Hund vor einer

EINLADUNG
SAMSTAG, 16h30
TIERFEST
IM
TIER-TREFF

Operation das Fell geschoren, aber das war etwas ganz anderes. Da sie sich auch auf diesem Gebiet ein wenig auskennen wollte, bat sie Donna, ob sie ihr nicht ein paar von ihren Fachbüchern leihen könnte, die diese ihr gerne zur Verfügung stellte.

„Was liest du denn da, Linda?“ wollte Erin wissen, als ihre Schwester wieder einmal abends in eines von Donnas Büchern vertieft war.

„Etwas über Pudelschur!“ erwiderte Linda. „Wirklich interessant. Ich hatte keine Ahnung, daß es so viele Hundefrisuren gibt. Welpen werden zum Beispiel ganz anders geschoren als erwachsene Hunde. Dann gibt es einen englischen und einen europäischen Schnitt und zig andere Varianten. Sieh dir doch diesen mal an.“ Sie zeigte Erin das Foto eines braunen, preisgekrönten Zwergpudels, dessen Fell am Kopf fächerförmig geschoren war.

„Ist der aber süß!“ rief Erin entzückt.

„Könnt ihr nicht ein wenig leiser sein“, brummte Teddy, der am Boden ausgestreckt seine Lieblingsshow im Fernsehen anschaute.

„Kann Donna auch alle diese Schuren machen?“ wollte Erin wissen.

Linda nickte. „Na, klar. Gestern hat zum Beispiel Frau Blackman ihren Pudel zum Trimmen gebracht, und als sie mit ihm fortging, sah er genauso aus wie dieser hier“ sagte Linda und zeigte Erin ein anderes Foto.

„Einer ist schöner als der andere“, sagte Erin. „Sie sehen fast wie Tänzerinnen aus mit ihren schlanken, zarten Beinen und den Löckchen, die an ein Tüllröckchen erinnern. Willst du auch lernen, wie man Pudel trimmt?"

Linda zuckte die Schultern. „Mal sehen. Ich stelle mir das ganz lustig vor."

„Darf ich es auch lernen?" fragte Erin. „Ich könnte ein- oder zweimal in der Woche Donna bei der Arbeit zusehen. Vielleicht läßt sie mich die Hunde bürsten und den Pudeln die Nägel lackieren? Sieh dir diesen weißen Pudel mit der roten Schleife im Haar an! Seine Zehennägel sind farblich auf die Schleife abgestimmt." Sie warf einen nachdenklichen Blick auf Jocko und Sunshine, die links und rechts von Teddy lagen. „Ich könnte doch ein wenig an unseren Hunden üben. Knallroter Nagellack für Jocko, der zu seinem roten Halsband paßt, und ein rosafarbener oder grüner für Sunshine. Olivia hat sich einen grünen Nagellack gekauft, aber ihre Mutter will nicht, daß sie ihn benützt. Sie würde ihn mir sicher borgen. Sag, Linda, kannst du morgen Donna fragen, ob ich sie besuchen darf?"

„Gerne", sagte Linda, froh darüber, daß ihre kleine Schwester sich endlich mal außer für Ballett auch für etwas anderes interessierte. Denn Erin verbrachte ihrer Meinung nach zuviel Zeit an der Übungsstange im Hobbyraum, die noch von ihrer Mutter stammte, oder in Fräulein Tamaras Ballettschule. Linda hoffte insgeheim, daß Erin eines Tages ebenso tierliebend sein würde wie sie und ihr Vater, wenn sie öfter in den Tier-Treff käme. Vielleicht nicht ganz so wie sie, denn nicht einmal ihr Vater war so tiernärrisch wie sie. Linda war deshalb fest entschlossen, Donna Erins Bitte vorzutragen.

Donna nahm Erins Vorschlag freudig an und hatte nichts dagegen, daß sie ihr ein- oder zweimal nach der Schule zur Hand ging.

„Um die Wahrheit zu sagen, Linda, ich bin in der letzten Zeit immer ziemlich erschöpft", gestand Donna. „Dr. Moss führt es auf die Schwangerschaft zurück und meint, ich sollte mir mehr Ruhe gönnen. Richte Erin aus, sie kann jederzeit vorbeikommen."

Erin fuhr gleich am nächsten Tag nach der Schule zum Tier-Treff. Linda sah sie erst um fünf, als die Klinik und der Hundesalon schlossen. Dann kam Erin glückstrahlend auf sie zu. „Das war ganz toll bei Donna", schwärmte sie ihrer Schwester und Toby vor. „Ich habe ihr hauptsächlich zugesehen und ihr die Sachen, die sie brauchte, gereicht. Einmal durfte ich ihr auch beim Waschen eines süßen kleinen Hundes helfen, der ein ganz langes, weißes Fell hatte. Donna sagte, es wäre ein Lahsapso oder so ähnlich."

Linda schmunzelte. „Lhasa Apso", verbesserte sie Erin. „Das war sicherlich Prinz William Gerhart. Er ist der einzige in der Stadt."

„Du hättest ihn sehen sollen, wie er am Schluß aussah! Sein Fell war ganz seidig, und ich durfte ihm eine Schleife auf den Kopf binden, damit ihm die Haare nicht über die Augen fielen."

Toby stöhnte leise, aber Erin schenkte ihm keine Beachtung und fuhr begeistert fort: „Am Samstag komme ich gleich nach der Ballettschule wieder her. Donna sagt, ich darf ihr wieder bei der Arbeit helfen. Samstags hat sie besonders viel zu tun. Es sind aber keine Pudel vorgemerkt, denn die werden erst kurz vor der Hundeausstellung des Tierschutzvereins zurechtgemacht. Diesen Samstag aber kommt ein Airdale zum Scheren. Da möchte ich unbedingt dabeisein."

Mike, der ebenfalls in das Wartezimmer gekommen war, hatte Erins Worte gehört und sagte: „Na, wen sehe ich denn da? Hast dich aber rar gemacht, Mädchen. Aber jetzt scheinst du wohl auch an dem Tier-Treff Gefallen zu finden. Dann arbeiten gleich drei Taylors hier!"

„O Mike", rief Erin lachend. „Keine Angst, ich will nicht Tierärztin werden. Noch bin ich fest entschlossen, Ballettänzerin zu werden." Sie rümpfte die Nase und meinte: „Ich mag keine kranken Tiere um mich haben. Aber die Hunde, die zu Donna kommen, sind ja gesund. Von jetzt an werden Sie mich oft hier sehen."

„Das wird mich aber freuen", erwiderte Mike. „Falls aus deiner Tanzerei doch nichts werden sollte, so kannst du dann immer bei uns hier Arbeit finden", fügte er scherzhaft hinzu. Dann wandte er sich an Linda: „Hast du eine Ahnung, wo Doc steckt? Ich habe ihn schon überall gesucht, denn er muß mir noch die Anweisungen für heute abend geben."

„Paps ist zu Herrn Stambaugh gefahren, um seine Truthahnjungen zu impfen", antwortete Linda. „Er hat auf Pats Schreibtisch eine Liste für Sie hinterlassen."

„Ich werde jetzt gehen", sagte Toby.

„Warum bleibst du nicht noch eine Weile? Erin und ich müssen erst um sechs zu Hause sein, und ich dachte, jeder von uns könnte ein wenig auf Ghost drüben auf der Weide ausreiten. Er braucht hin und wieder Gesellschaft, sonst fühlt er sich einsam."

Toby konnte dieses Angebot nicht ablehnen. So verabschiedeten sie sich von Mike und gingen zum Pferdestall. Zuerst ritt Toby eine Zeitlang auf dem herrlichen Wallach. Erin zog es vor, den anderen beim Reiten nur zuzuschauen, weil ihre Ballettlehrerin gesagt hatte, das Reiten wäre schlecht für die Beine einer Tänzerin. Als sie mit Linda auf dem Bretterzaun, der die Weide eingrenzte, saß und zusah, wie Toby den kleinen Bach entlangritt, meinte sie: „Tiere sind schon etwas Sonderbares, findest du nicht?"

„Weshalb?"

„Weil sie die verschiedensten Größen haben. Prinz William ist so klein wie eine Katze, Ghost dagegen groß wie ein Auto. Stell dir vor, das wäre auch bei uns Menschen so. Und genauso unterschiedlich ist ihr Fell. Die Pudel haben Löckchen, während das Fell der Pferde ganz glatt und glänzend ist. Wenn man Pudel nicht regelmäßig trimmt, dann wird ihr Fell immer länger, das der Pferde aber bleibt kurz. Ich frage mich wirklich, woher das kommt."

„Das würde ich auch gerne wissen", sagte Linda. „Ich habe einmal Paps gefragt, aber er konnte es mir auch nicht erklären. Und wenn er es nicht weiß, wer soll es dann wissen?"

Dann schwiegen beide und genossen die warme Nachmittagssonne auf dem Rücken und den Duft des frischgemähten Grases.

„Glaubst du, Paps würde mir einen Pudel schenken?" sagte Erin. „Nur einen ganz kleinen, wie der von Susan Bascombe oder der braune Zwergpudel mit der ulkigen Frisur in Donnas Buch. Ich möchte aber nur ein Weibchen und würde es Pavlova nennen. Du weißt schon, nach der berühmten Tänzerin."

„Erin, wir haben doch schon zwei wundervolle Hunde, einen Kater, Hühner, Kaninchen, eine Ente, deinen Kanarienvogel Dandy und Teddys Hamster!" stöhnte Linda.

„Aber das einzige Tier, das wirklich mir gehört, ist Dandy. Aber mit dem kann ich nicht richtig spielen. Ich möchte so gerne einen kleinen Pudel haben, mit dem könnte ich spielen, ihn waschen und trimmen!"

Linda zwickte sie scherzhaft in den Arm. „Du hast ja nur noch Pudel im Kopf! Wenn du schon unbedingt Hunden das Fell waschen willst, dann fange bei Jocko und Sunshine an. Die beiden hätten ein Bad dringend nötig."

„Das ist doch nicht das gleiche", sagte Erin.

„Wenn du einmal eine berühmte Ballerina bist, kannst du dir in deinem Penthouse in der Park Avenue so viele Pudel halten, wie du nur willst. Doch jetzt muß du dich mit Jocko und Sunshine begnügen." Linda sprang vom Zaun herunter und rief Toby zu. „He, jetzt komme ich dran!"

Toby machte unverzüglich kehrt und ritt auf sie zu. Linda beobachtete die beiden, wie sie immer näher kamen, und Freude und Stolz erfüllten ihre Brust beim Anblick ihres geliebten Ghost. Von allen Tieren waren ihr Pferde am liebsten, und Ghost war für sie das schönste von allen. Sie konnte sich nicht vorstellen, daß sie für einen Pudel das gleiche empfinden könnte, selbst wenn er noch so niedlich war.

„Außerdem sind Pudel sehr teuer", sagte sie zu Ghost, als sie nun auf dem Rücken des Pferdes saß und über die Weide ritt. „Selbst wenn wir ein größeres Haus hätten und keine anderen Haustiere, könnte ihr Paps erst dann einen kaufen, wenn er mehr Geld verdient."

Sie schaute hinüber zur Tierklinik, deren neuer Seitenflügel aus den gleichen roten Ziegelsteinen erbaut war wie das alte Gebäude. „Stell dir vor, Ghost, in zwei Wochen findet unser Fest statt, und dann eröffnen wir die Tierpension. Es wird sicher ein einmaliges Fest, und natürlich bist auch du dazu eingeladen. Ich hoffe, es macht dir nichts aus, wenn du das einzige Pferd dort bist ..."

„Linda, Toby geht nach Hause, und wir sollten es auch tun!" rief Erin ihr vom Zaun aus zu. „Es ist schon Viertel vor sechs."

„Ich komme sofort", rief Linda zurück und winkte ihrer Schwester zu. Dann parierte sie zum Glaopp durch und drehte mit Ghost die letzte Runde.

Krankenbesuch bei Rocky

In der folgenden Woche gab es im Tier-Treff besonders viel zu tun. Linda war noch mehr eingespannt als sonst, weil Toby sich am Dienstag krank meldete. Er hatte ein

Virus erwischt, und seiner Stimme nach zu schließen, ging es ihm ziemlich schlecht. Er hoffte jedoch, am Donnerstag wieder zur Schule gehen zu können, und anschließend wollte er im Tier-Treff arbeiten. Bis dahin aber hatte Linda doppelt soviel zu tun. Sie half in der Anmeldung aus, assistierte ihrem Vater und kümmerte sich darum, daß die Tiere auf der Krankenstation ihre Medikamente bekamen und pünktlich gefüttert wurden.

Ihr Vater hätte am liebsten drei Dinge gleichzeitig erledigt, und wenn er nicht gerade in der Tierpraxis beschäftigt war, dann kümmerte er sich um die Arbeiten im neuen Seitenflügel, wo gerade der Fliesenboden gelegt wurde. Außerdem reparierte er eine undichte Stelle in der Wasserleitung des Hundesalons und überprüfte die Sendung der neuen Käfige, die am Donnerstag eingetroffen war. Dabei stellte er zu seinem Ärger fest, daß es nicht die waren, die er bestellt hatte, und weigerte sich, sie anzunehmen.

„Hoffentlich schicken sie uns das nächste Mal die richtigen", sagte Linda zu ihrem Vater, als der Lastwagen mit den Käfigen aus dem Parkplatz der Klinik fuhr. „Wir haben so viele Vormerkungen für die erste Woche nach dem Einweihungsfest, daß die alten Käfige nicht ausreichen. Was willst du tun?"

„Pat ruft noch heute bei der Firma an", sagte ihr Vater und seufzte. „Offensichtlich handelt es sich um eine Verwechslung. Die Käfige waren nämlich für eine Tierklinik in Maryland bestimmt, weshalb ich annehme, daß unsere dort gelandet sind. In ein paar Tagen werden wir hoffentlich unsere Käfige haben."

„Das hoffe ich auch", sagte Linda und ging mit ihrem Vater zur Klinik zurück, wo sie von einer Reihe ungeduldiger Patienten begrüßt wurden.

„He, Doktor", rief ein Mann mit einem rot aufgedunsenen Gesicht. „Ich warte schon eine halbe Stunde, daß Sie sich Wilburs Fuß ansehen." Sein Spaniel machte traurige Augen und hob winselnd die schmerzende Pfote.

„Herr Stambaugh, ich warte aber schon länger als Sie", sagte eine behäbige Frau mittleren Alters in einem geblümten Kleid, die einen schwarz-weiß gefleckten Kater auf dem Schoß hielt. „Und Blacky ist in einer weitaus schlimmeren Verfassung als Ihr Schoßhund."

„Wilbur ist kein Schoßhund", protestierte Herr Stambaugh. „Er ist der beste Jagdhund, den man sich vorstellen kann, merken Sie sich das!"

Linda nahm rasch den Kater auf den Arm und kraulte ihn unter dem Kinn. „Blackie ist zuerst dran, Herr Stambaugh", sagte sie. „Sobald mein Vater mit ihm fertig ist, ist Wilbur an der Reihe. Heute geht es bei uns etwas drunter und drüber, weshalb sich alles ein wenig verzögert."

„Hören Sie, Doktor", flötete Pat hinter ihrem Schreibtisch hervor, „ich habe soeben mit den Käfig-Leuten gesprochen. Sie lassen Ihnen ausrichten, daß wir die richtigen Käfige in einer Woche bekommen. Außerdem bittet Sie ein Herr Brown zu ihm nach Hause zu kommen, wenn es Ihnen zeitlich möglich ist. Sein Rocky hat eine schwere Erkältung, so daß er ihn nicht vorbeibringen kann."

„Rocky? Kenne ich keinen", brummte Dr. Taylor,

während er Linda mit Blackie auf dem Arm ins Behandlungszimmer folgte. „Auch der Name Brown sagt mir nichts. Um was für ein Tier handelt es sich denn?“

Pat zuckte die Schultern. „Keine Ahnung. Der Mann sagte nur, Rocky hätte eine total verstopfte Nase und könne kaum noch atmen. Hier, ich habe Ihnen die Adresse notiert...“ Das Telefon klingelte, und sie nahm rasch den Hörer ab. „Guten Tag, hier Tierarzt-Praxis Dr. Taylor“, meldete sie sich.

Nach Praxisschluß fuhren Linda und ihr Vater als erstes zu Herrn Brown und zu dem geheimnisvollen Rocky. Herr Brown war ein junger Mann, der mit seiner Frau und Rocky erst vor kurzem nach Essex gezogen war. Rocky entpuppte sich zu Lindas großem Staunen als eine zweieinhalb Meter lange Pythonschlange, die in einem gläsernen Käfig lag, der die Größe eines kleinen Zimmers hatte und in dem ein knorriger Ast senkrecht aufgestellt war. Rocky lag um diesen herum eingerollt da und machte einen ziemlich apathischen Eindruck.

„Ist die aber mächtig!“ staunte Linda. „Und wunderschön!“

„Ja, Rocky ist ein Prachtexemplar“, stimmte ihr Frau Brown zu. Sie war jung und hübsch und trug hautenge Jeans und ein ärmelloses T-Shirt. „Rocky ist nicht zum erstenmal erkältet, aber so schlimm wie jetzt hat es ihn noch nie erwischt. Wir wollten ihn eigentlich zu Freunden nach Florida bringen, damit sie ihn in den Everglades aussetzen. Aber da wurde er plötzlich krank.“ Sie wandte sich an Dr. Taylor. „Können Sie ihm helfen, Doktor?“

„Ehrlich gesagt, Frau Brown, ich habe noch nicht viele Pythonschlangen behandelt“, gestand der Tierarzt und ging vor dem Glaskäfig in die Hocke. „Aber ich glaube schon, daß ich ihm helfen kann.“ Er krempelte sich die Ärmel hoch und sagte zu Linda: „Packst du mit an?“

„Na klar“, erwiderte Linda. Dann wandte sie sich dem Ehepaar zu und sagte strahlend: „Ich möchte auch einmal Tierärztin werden. Mein Vater hat mir schon eine Menge beigebracht. Einen besseren Lehrer als ihn gibt es nicht.“

Herr Brown nickte zustimmend. „Die meisten Leute verstehen nichts von Schlangen. Dabei sind sie wunderbare Haustiere.“ Er folgte Dr. Taylors Anweisungen und zog sanft die Schlange von dem Ast weg, damit sie sich der Länge nach ausstreckte, was nur dadurch möglich war, daß ein Teil ihres Körpers aus dem Käfig herausragte. Dann zogen sie sie in das Badezimmer, und Frau Brown ließ warmes Wasser in die Badewanne laufen. Herr Brown hielt den Kopf der Schlange unter den fließenden Wasserhahn. Rocky ließ alles willig über sich ergehen, und bald darauf wirkte er schon weniger apathisch.

„Durch die Nässe und die Wärme kann er wieder freier atmen“, erklärte der Tierarzt Herrn Brown. „Wenn Sie diese Behandlung mehrmals am Tag durchführen, wird es ihm bald bessergehen.“

Anschließend brachten sie Rocky zurück in sein Glashaus, und Dr. Taylor gab Herrn Brown ein Antibiotikum, das er in Wasser aufgelöst dreimal am Tag der Schlange verabreichen sollte, damit sie keine Lun-

genentzündung bekam. Als Dr. Taylor und Linda sich verabschiedeten, hatte Rocky die Augen bereits wieder geöffnet, und er streckte auch seine gespaltene Zunge aus dem Maul.

„Es wäre nicht schlecht, wenn die Leute einem vorher verrieten, um was für ein Tier es sich handelt", brummte Dr. Taylor vor sich hin, als sie wieder im Auto saßen. „Glücklicherweise hatte ich vor ein paar Tagen einen Artikel über Pythonschlangen gelesen."

„Du warst wieder einmal ganz große Klasse, Paps", sagte Linda voll Bewunderung.

Ihr Vater sah sie von der Seite an und lächelte. „Das gleiche kann ich von dir behaupten, Kleines. Aber bitte tu mir den Gefallen und lade Rocky nicht zu unserem Fest ein!"

Linda kicherte. „Ich habe fast vermutet, daß du das sagen würdest."

Als Linda und ihr Vater zu Hause ankamen, war es bereits sieben. Frau Racer war schon nach Hause gegangen, doch aus der Küche kam ein köstlicher Duft. Linda wollte gerade nachsehen gehen, was Frau Racer für sie in die Ofenröhre gestellt hatte, als Teddy auf den Flur hinausstürzte und rief: „Paps, du mußt mit Erin reden, und dann wird sie von mir was erleben!"

„Was ist denn schon wieder vorgefallen?" sagte sein Vater und gab dem Jungen einen Begrüßungskuß. „Rück raus mit der Sprache."

„Jocky ist kahlgeschoren!" rief Teddy.

„Das stimmt doch gar nicht", widersprach Erin ihm,

die soeben aus dem Wohnzimmer kam, um ihren Vater zu begrüßen. „Hallo, Paps, ihr seid aber spät dran. Teddy und ich haben bereits gegessen. Es ist aber noch eine Menge für euch übrig."

„Er ist wirklich kahlgeschoren!" sagte Teddy und schaute finster unter seiner Baseballmütze, die er den ganzen Tag über aufhatte, hervor. „Sein Hinterteil ist fast nackt!"

Sein Vater machte ein erstauntes Gesicht. „Wie ist das möglich?"

Linda hatte Erin schwer in Verdacht, zumal diese über ihren Ballettsachen ein altes Arbeitshemd ihres Vaters trug, damit sie genauso aussah wie Donna bei der Arbeit.

„Erin, du hast dir doch nicht Donnas Scheren ausgeliehen", fragte sie.

„Nein", versicherte ihr Erin strahlend. „Dazu muß ich erst mehr Übung bekommen. Ich lerne ja noch. Aber wenn ich nicht jetzt schon übe, werde ich nie gut trimmen können. Ich habe mir nur Paps Bartschere geliehen und an Jocko ein wenig geübt, nachdem Olivia ihm das Fell gewaschen hatte. Jetzt wird er wenigstens nicht mehr schwitzen, wenn es heiß ist. Aber kahl ist er bestimmt nicht, Teddy übertreibt wieder einmal."

„Ich übertreibe nicht", schrie Teddy. „Warte, bis du ihn siehst, Paps. Er schaut wirklich unmöglich aus."

Teddy stapfte ins Wohnzimmer, und Linda, Erin und ihr Vater folgten ihm. „Jocko!" rief der Junge. „Wo steckst du denn? Komm doch, wir werden dich nicht auslachen. Ehrenwort."

Doch Jocko ließ sich nicht blicken, ebensowenig Sunshine. Nur Cleveland lag auf dem Lehnstuhl des Tierarztes und putzte sich.

Ein leises Winseln ließ Linda ins Eßzimmer gehen, wo Sunshine neben dem Tisch lag. Er wedelte mit dem Schwanz, als Linda eintrat, aber rührte sich nicht von der Stelle.

Linda kniete sich vor ihm nieder und entdeckte Jokko, der sich unter den Tisch verkrochen hatte. Behutsam zog sie ihn aus seinem Versteck hervor. Bis zur Brust sah er aus wie immer, doch unterhalb der Rippen war sein schwarz-weißes Fell ganz kurz geschoren, so, als wäre er unter den Rasenmäher gekommen. Er winselte von neuem und klemmte den Schwanz zwischen die Hinterbeine. Sunshine winselte mit ihm.

„Na, was habe ich euch gesagt?“ rief Teddy.

„O Schreck!“ sagte Linda entsetzt.

„So schön wie Donna es macht, ist es natürlich nicht geworden. Aber ich hatte ja nur Paps Bartschere“, brummte Erin und drehte verlegen einen Hemdzipfel um den Zeigefinger herum. „Sein Fell wächst doch nach?“ fragte sie ihren Vater. „Ich habe ihn aber bestimmt nicht verletzt. Wenn es heiß ist, wird er wenigstens nicht schwitzen ...“

„Das war wirklich kein guter Einfall, Erin“, sagte ihr Vater. Er rieb sich den Bart, aber Linda hatte den Verdacht, als wollte er das Grinsen verbergen. Jocko sah auch wirklich zu komisch aus. „Und Jocko fühlt sich garantiert nicht wohl dabei“, fuhr der Tierarzt fort. „Er ist schließlich kein Pudel.“ Er legte einen Arm um Erins

Schultern. „Was geschehen ist, ist geschehen, Kleines. Versprich mir nur, daß du es nie wieder tun wirst. Okay? Keine Experimente mehr mit unseren Haustieren! Es freut mich, daß du Donna bei der Arbeit hilfst und dabei etwas lernst. Aber laß bitte die Finger von Sunshine oder Cleveland. Verstanden?"

Erin senkte den Kopf. „Das tut mir ehrlich leid, Paps", sagte sie kleinlaut. „Ich wollte Jocko nicht unglücklich machen. Ich dachte nur, er würde mit einer Pudelschur hübscher aussehen."

„Aber bilde dir bloß nicht ein, daß ich heute abend mit Jocko eine Runde drehe und mir das Gelächter der Leute anhöre!" rief Teddy.

„Das wird Erin übernehmen, und zwar so lange, bis sein Fell nachgewachsen ist", sagte Dr. Taylor bestimmt. „Und sollte jemand lachen, dann wird sie der betreffenden Person erklären, warum Jocko so komisch aussieht. Hast du eigentlich schon die Hühner gefüttert, Teddy?"

„Nein ...", murmelte der Junge.

„Na, dann tu es gleich jetzt, während Erin mit Jocko spazierengeht."

„Ich füttere inzwischen Cleveland, meine Kaninchen und die Ente", sagte Linda. „Und dann essen wir beide, Paps."

Der Kater gab ein lautes Miauen von sich und schlich um Lindas Beine herum, wobei er sie so kläglich ansah, als wäre er kurz vor dem Verhungern.

„Paps, für dich ist Roastbeef im Ofen und für Linda Gemüseallerlei", sagte Erin und band die beiden Hunde an die Leine, um mit ihnen Gassi zu gehen.

„Warum wart ihr heute so spät dran?“ wollte Teddy wissen, als er vom Hühnerfüttern zurückkam und sein Vater und Linda am Küchentisch Platz genommen hatten, um zu Abend zu essen.

„Wir mußten noch einen Hausbesuch machen“, erwiderte Linda, während sie ihrem Vater die Salatschüssel reichte. „Eine zweieinhalb Meter lange Pythonschlange mit einer verstopften Nase.“

Teddy riß ungläubig die Augen auf. „Eine Pythonschlange? Das ist ja eine Wucht! Fahrt ihr noch einmal hin zu ihr? Da würde ich gerne mitkommen. Wie heißt sie denn? Ich hätte nie gedacht, daß sich Schlangen erkälten können.“

„Wenn sie eine Nase hat, dann kann sie sich auch eine Erkältung zuziehen“, erklärte ihm sein Vater. „Die Schlange heißt Rocky, und wenn ein zweiter Hausbesuch notwendig sein sollte, dann werden wir dich vielleicht mitnehmen. Sag mal, hast du schon deine Hausaufgaben gemacht?“

„Hm, noch nicht alle.“

„Dann wird's aber Zeit! Setz dich aber nicht vor den Fernsehapparat! Verstanden?“ sagte Dr. Taylor und gab ihm einen Klaps auf den Schirm seiner Baseballmütze.

„Wow, eine zweieinhalb Meter lange Pythonschlange! Das werde ich meinen Freunden erzählen. Die werden Augen machen!“ rief Teddy und rannte aus der Küche. Doch vorher steckte er noch ein paar Rosinenplätzchen ein, die Frau Racer gebacken hatte.

Im Flur traf er mit Erin zusammen, die von ihrem

Hundespaziergang zurückgekehrt war.
„Kein Mensch hat Jocko ausgelacht, nur daß du's weißt!" sagte sie und streckte die Nase in die Luft.
„Wart's ab bis morgen!" rief Teddy ihr nach, während er die Treppe hochsprang.

„Erin, Schlafenszeit!" rief Linda, als sie um neun Uhr das Zimmer ihrer Schwester betrat, um ihr gute Nacht zu wünschen. Erin saß in einem langen Baumwollnachthemd im Bett und hatte zur Abwechslung mal kein Ballettbuch vor sich liegen, sondern Donnas Bücher über Hundepflege. Der Käfig ihres Kanarienvogels Dandy war bereits zugedeckt, aber als dieser Lindas Stimme hörte, begann er leise zu zwitschern.

Mit einem lauten Gähnen klappte Erin das Buch zu, legte es auf den Nachttisch und schlüpfte unter die Bettdecke. „Ich habe alle meine Hausaufgaben gemacht", sagte sie und fügte dann kleinlaut hinzu: „Sag, Linda, ist Paps ernsthaft böse auf mich, weil ich Jocko das Fell geschoren habe? Das möchte ich nämlich nicht."

Linda setzte sich auf die Bettkante. „Nein, du Dummerchen. Er will in ein paar Minuten heraufkommen, um dir gute Nacht zu sagen. Aber du mußt zugeben, daß das kein guter Einfall gewesen ist. Und wenn du dich noch so anstrengst, du wirst nie aus Jocko einen Pudel machen können."

Erin seufzte. „Ich weiß. Ich wollte nur ein wenig üben, und da Jocko gerade da war... Wenn ich Donnas Tierschere gehabt hätte, würde Jocko jetzt sicher besser aussehen. Das nächste Mal..."

„Es wird kein nächstes Mal geben“, fiel ihr Linda ins Wort. „Das hast du mir hoch und heilig versprochen. Stimmt’s?“

„Ja, ich weiß. Aber Donna wird mir zeigen, wie das Scheren geht, und außerdem will ich in ihren Büchern lesen. Hast du gewußt, daß in den elektrischen Tierscheren eine Sicherungsvorkehrung eingebaut ist, so daß man nicht die Haut verletzen kann?“

„Und wenn schon, du rührst trotzdem keine mehr an“, sagte Linda entschieden und knipste die Nachttischlampe aus. „Also dann gute Nacht und schlaf gut.“

„Ist Paps wirklich nicht böse auf mich?“

Linda streichelte Erin über das seidige blonde Haar und meinte: „Sicher nicht, du kannst ganz beruhigt sein.“

„Nun gut“, sagte Erin und drehte sich auf die Seite. „Schlaf gut, Linda.“

„Träume süß, Erin.“

Aufregung um Marie Antoinette

Samstag nachmittag fuhr Dr. Taylor mit Linda und Erin zum Einkaufen, denn sie benötigten eine Menge Sachen für das Einweihungsfest. So besorgten sie Papiertischdecken in den Regenbogenfarben, die für das Büffet bestimmt waren. Dazu die passenden Servietten, Plastikbesteck und Teller und Becher.

„Paps, dürfen wir auch ein paar Luftballons und Papierschlangen kaufen?“ schlug Erin vor. „Wir könnten damit den neuen Seitenflügel sowohl innen als auch außen schmücken. Das würde sicher unheimlich schön aussehen!"

„Ja, warum nicht?" meinte ihr Vater, und Erin stürzte sich gleich auf den Partyschmuck.

„Was tun wir aber, wenn es regnet?" fiel Linda plötzlich ein. Das Fest sollte doch im Freien stattfinden, aber bei Regen?

Ihr Vater zuckte die Achseln. „Dann verlegen wir das Ganze ins Haus. Aber laut Wetterbericht soll das Wetter noch längere Zeit sonnig und warm bleiben."

„Hoffentlich. Drinnen wäre es ganz schön eng, bei den vielen Leuten", meinte Linda. „Ich glaube, daß alle kommen werden, und die meisten bringen auch ihre Haustiere mit. Ich drücke uns auf alle Fälle die Daumen."

Am Dienstag darauf trafen die neuen Tierkäfige ein, und die Handwerker begannen sie sogleich aufzustellen, denn die Wände der Krankenstation waren bereits gestrichen und der Fliesenfußboden gelegt. Am Donnerstag wurde dann die Einrichtung für den zweiten Behandlungsraum und die Isolierstation geliefert. Zum Glück war Toby wieder gesund und konnte Mike beim Einrichten helfen. Mike machte die zusätzliche Arbeit nichts aus. Er war unermüdlich und machte seine üblichen Späße, die Toby immer wieder zum Lachen brachten.

Mike sollte recht behalten, was seine Voraussagen bezüglich des erweiterten Patientenkreises betraf. Es kamen tatsächlich durch den Hundesalon „Seidenglanz“ viele neue Patienten hinzu, die früher von Dr. Callahan behandelt worden waren. Bald hatte es sich herumgesprochen, daß Dr. Taylor nicht nur näher war, sondern auch wesentlich billiger als Dr. Callahan. Linda war nicht erstaunt über den großen Zulauf, denn sie war schon immer davon überzeugt gewesen, daß ihr Vater der beste Tierarzt weit und breit war.

Da es nur noch wenige Tage bis zur Hundeausstellung des Tierschutzvereins waren, hatte Donna alle Hände voll zu tun. Erin kam an den Tagen, an denen sie keine Ballettstunde hatte, in den Hundesalon und half Donna bei der Arbeit. Sie war mit großem Eifer dabei und mächtig stolz darauf, daß Donna soviel Vertrauen zu ihr hatte.

Donnerstag nachmittag aber stürzte Erin in die Anmeldung der Tierarztpraxis, wo Linda gerade Pat vertrat, die sich eine Tasse Kaffee genehmigte.

„Linda, da gibt es ein Problem“, flüsterte Erin ihrer Schwester ins Ohr.

„Und das wäre?“ fragte Linda, nachdem sie eine weitere Reservierung für die Tierpension in den roten Terminkalender eingetragen hatte.

„Ein ganz großes. Donna hat heute nachmittag einen Termin bei ihrem Gyogologen.“

„Gynäkologen.“

„Ja, richtig. Sie war für drei Uhr bestellt, weil bis dahin keine Hunde vorgemerkt waren. Aber jetzt ist soeben Frau Bascombe mit Marie Antoinette zum Waschen und Trimmen gekommen. Sie sagte, sie hatte mit Donna einen Termin um halb vier vereinbart. Aber Marie Antoinette steht nicht in Donnas Terminbuch. Vielleicht hat Pat vergessen, sie einzutragen. Kurz, Frau Bascombe und Susan wollen um halb fünf wiederkommen, um Marie Antoinette abzuholen, und jetzt ist es schon vier und..."

„Moment mal, Erin", sagte Linda. „Wann wird Donna zurück sein?"

Erin holte tief Luft, ehe sie hervorsprudelte: „Donna hat gerade vom Arzt aus angerufen und gesagt, daß er sich wegen einer Geburt verspätet hat und sie nicht vor fünf zurück sein kann. Was soll ich jetzt tun?" Erin machte ein verzagtes Gesicht. „Den Termin um vier habe ich bereits abgesagt. Was sollen wir aber mit Marie Antoinette tun?"

In diesem Augenblick kam Pat von ihrer Kaffeepause zurück.

„Sag mal, Pat, erinnerst du dich, daß du für Donna heute nachmittag Marie Antoinette zum Trimmen vorgemerkt hast?" fragte Linda beiläufig.

Pat lächelte und meinte: „Ja, natürlich. Um halb vier. Ich habe es wie immer in den Terminkalender eingetragen."

„Aber es steht nicht drin", sagte Erin. „Ich habe dreimal nachgesehen. Ehrenwort. Jetzt ist Marie Antoinette da, aber nicht Donna."

Pats Lächeln schwand augenblicklich. „O Gott, ich weiß, daß ich es aufgeschrieben habe. Aber wohin bloß? Zu dumm, wirklich zu dumm. Womöglich habe ich es in das falsche Terminbuch eingetragen, weil ununterbrochen das Telefon ging?" Sie öffnete den blauen

Terminkalender für die Tierpraxis und fuhr mit dem Zeigefinger die Seite hinunter. Dann stockte sie und machte ein betretenes Gesicht. „Ja, da steht es schwarz auf weiß. Was bin ich nur für ein Idiot? Ist Frau Bascombe sehr verärgert?"

„Nein, nein", sagte Linda rasch. „Jetzt ärgere dich nicht deshalb."

In diesem Augenblick kam Toby zur Tür herein. Linda packte ihn am Arm und sagte: „Toby, wir brauchen dich dringend. Du mußt uns helfen, Marie Antoinette zu baden."

Toby riß die Augen auf. „Marie Antoinette? War das nicht eine französische Königin, die geköpft wurde?"

„Nein, nicht diese Marie Antoinette!" sagte Linda. „Ich meine den Zwergpudel, der gewaschen und getrimmt werden soll. Aber Donna ist noch nicht da."

„Kommt nicht in Frage!" wehrte Toby energisch ab. „Nein, nie im Leben!"

Kurz darauf knieten Linda und Toby neben der Badewanne im Hundesalon. Marie Antoinette lag laut wimmernd darin. Ihr Fell war klitschnaß, und sie sträubte sich mit Leibeskräften gegen die unliebsame Behandlung.

„Ich kann es kaum fassen", brummte Toby, der den Hund mit beiden Händen in die Wanne zurückholte, „ich habe gesagt, ich würde nie und nimmer in eurem Schönheitssalon einen Handgriff tun, und jetzt wasche ich diesen komischen Pudel. Das ist ja wohl der Gipfel!"

Marie Antoinette gab ein klägliches Bellen von sich.

„Ihr ist es ebenso zuwider wie dir", stellte Linda fest.

„So seid ihr wenigstens quitt. Ich verspreche dir aber, daß ich es keinem Menschen erzählen werde." Sie kraulte den Pudel liebevoll am Hals und redete sanft auf ihn ein: „Jetzt bist du aber wieder schön, Toni. Ein ganz schöner Hund bist du. Und du willst doch gesund bleiben, nicht wahr?"

„Wieso Toni?" wollte Toby wissen. „Ich dachte, sie hieße Marie Antoinette?"

„Sicher, aber wenn Susan mit ihr spricht, dann nennt sie sie Toni", erklärte Linda ihm und imitierte deren Stimme, als sie sagte: „Tonis Stammbaum ist über hundert Jahre alt. Er hat Hunderte von Dollars gekostet und hat an die hundert Preise gewonnen."

„Oh, hör auf damit!" stöhnte Toby. „Ich nehme an, jetzt müssen wir das Fell spülen, oder?"

„Ja, hundertmal", erwiderte Linda mit breitem Grinsen, während sie den kleinen Pudel aus der Wanne hob und in die zweite steckte.

Schließlich war Marie Antoinettes Fell gewaschen, gespült und getrocknet, aber Donna war noch immer nicht zurück.

„Ich verschwinde jetzt", sagte Toby und ging zur Tür. „Mike braucht mich und Doc sicher auch. Jetzt kommst du ja auch ohne mich zurecht."

„Vielen Dank", meinte Linda und versuchte sich vor dem Zugriff des Pudels zu befreien, der sich an ihren Schuhbändern festbiß und schmatzend daran kaute.

Da steckte Erin den Kopf zur Tür herein. „Frau Bascombe und Susan müssen jeden Augenblick zurück sein, Linda", sagte sie. „Die werden sicher einen Aufstand machen, wenn sie sehen, daß Marie Antoinette nicht getrimmt wurde. Frau Bascombe rechnet doch fest damit, daß sie in der Hundeschau am Sonntag den ersten Preis gewinnt."

Linda warf einen Blick auf ihre Armbanduhr. Es war zwanzig nach vier.

„Ich glaube, ich sollte mit Paps darüber reden", sagte sie und drückte Erin den Pudel in die Hände. „Da, paß auf ihn auf. Ich bin sofort zurück."

Aber Linda kam nicht so bald zurück. Als sie in das Behandlungszimmer stürzte, sagte ihr Vater: „Wo hast du denn die ganze Zeit gesteckt? Jack Botterbush hat soeben seinen Hund O'Reilly gebracht. Er hat mit einer Katze gekämpft, und seine Ohren sind arg zerkratzt. Kannst du mir einen Augenblick helfen?"

O'Reilly war ein ziemlich dünner Mischlingshund und gehörte nicht gerade zu den einfachsten Patienten. Als seine Wunden endlich verarztet waren, war es bereits Viertel vor fünf. Sobald Linda ihn seinem Herrn übergeben hatte, erzählte sie ihrem Vater von Marie Antoinette und den Bascombes. „Toby und ich, wir haben ihr das Fell gewaschen und getrocknet. Aber Frau Bascombe und Susan werden sicher ausflippen, wenn sie sehen, daß Donna sie nicht getrimmt hat."

„Ich werde ihnen die Situation erklären", versuchte ihr Vater sie zu beruhigen. „Ich wasch mir nur noch die Hände und wechsle den Kittel."

Linda eilte zurück zum Hundesalon, wo Frau Bascombe und ihre Tochter bereits auf sie warteten. Beide

waren außer sich vor Wut.

„Sieh dir diesen Hund an!" rief Frau Bascombe mit schriller Stimme, als sie Linda erblickte. „Er ist ruiniert! Für alle Zeiten ruiniert!"

„Meine arme, arme Toni!" jammerte Susan. „Was haben sie nur mit dir angestellt?"

Linda starrte den Zwergpudel an, und Marie Antoinette sah sie an. Wenn es möglich war, daß ein Hund wie ein Schaf aussah, dann tat es dieser hier, war Lindas erster Gedanke. Kein Wunder, Marie Antoinettes Hinterteil war glatt wie Seide geschoren, und der lockige Teil, der wie eine Federboa ihre Schultern bedecken sollte, war zu einem dünnen, schäbigen Lockenkranz zusammengeschrumpft.

Linda ging auf Erin zu, die einen von Donnas Kitteln trug und mit kreidebleichem Gesicht dastand. „Das warst doch nicht etwa du?" flüsterte sie ihr zu.

„Ich habe es nur gut gemeint!" brummte Erin, und in ihren Augen schimmerten Tränen, die jeden Moment über ihre Wangen kullern würden. „Ich hatte Angst, sie würden auf Donna wütend sein, wenn Marie Antoinette nicht getrimmt wäre. Am Anfang ging alles gut, bis ich dann die Schultern zu trimmen anfing. Und da hier alles etwas uneben ist, mußte ich immer wieder ein paar Stellen nachscheren, und so ..."

„Hab' schon verstanden", seufzte Linda.

„Das ist ja unerhört!" entrüstete sich Frau Bascombe. „Noch nie ist mir so was bei Ida passiert. Aber Ida Potter versteht eben ihr Handwerk!" Sie schaute Linda und Erin wütend an. „Ich möchte sofort euren Vater spre-

BILDERBÜCHER

•Wir fahren ans Meer
•Wir besuchen den Bauernhof
•Wir gehen in den Zoo

Drei neue Titel der liebevoll illustrierten und lustig erzählten Bilderbuchreihe. Wichtige, interessante und amüsante Erlebnisse und Situationen aus dem täglichen Leben werden hier beschrieben.
Best.-Nr. 4318/4319/4320
Je DM 7,95/ÖS 65,–

Unser Herr Glücklich und seine Freunde
Menschliche Stärken und Schwächen liebevoll dargestellt. Der 2. Sammelband stellt wieder viele Freunde des Herrn Glücklich vor.
Best.-Nr. 4322 DM 15,–/ÖS 119,–

Alle meine Tierkinder
Vieles, was Kinder über die Geburt und das Heranwachsen von Tierkindern wissen möchten, wird in diesem reich illustrierten Sachbilderbuch anschaulich und verständlich erklärt.
Best.-Nr. 4323
DM 19,80/ÖS 149,–

SACHBUCH

Unsere Welt erkennen...
Die Sachbuch-Reihe für Kinder, die die Welt entdecken wollen. Jedes Buch mit Poster und Spiel.
Je DM 9,80/ÖS 79,–

•Die Oase
Das Leben in einer kleinen Oase am Rande der Wüste ist hier naturgetreu und liebevoll für Kinder dargestellt.
Best.-Nr. 4193

•Das Riff
Die farbenprächtige und faszinierende Unterwasserwelt am Meeresriff ist hier lebendig und anschaulich für Kinder dargestellt.
Best.-Nr. 4194

Folgende Titel dieser Reihe sind bereits erschienen:
•Lebendige Wiese
Best.-Nr. 9833
•Lebendiger Wald
Best.-Nr. 4095
•Der Reiterhof
Best.-Nr. 9835
•Das Indianerdorf
Best.-Nr. 9832
•Das Ritterturnier
Best.-Nr. 9834
•Der Großbrand
Best.-Nr. 4176
•Die Dinosaurier
Best.-Nr. 4147
•Die Großbaustelle
Best.-Nr. 4097
•Der Hafen
Best.-Nr. 4192
•Der Bauernhof
Best.-Nr. 4096

Hunde A-Z
Das Leselexikon für alle Hundefreunde, die mehr über ihre vierbeinigen Lieblinge erfahren wollen.
•Über 500 Stichworte
•Über 50 Zeichnungen
•Über 180 Fotos
Best.-Nr. 9879
DM 24,80/ÖS 199,–

BENJAMIN

Der Junge mit der roten Mütze
Eine märchenhafte Geschichte von einer geheimnisvollen Begegnung.
Best.-Nr. 4324
DM 9,80/ÖS 79,–

Meine Schwester Klara als Umweltschützerin
Klara und ihr kleiner Bruder entdecken den Umweltschutz. Natürlich gibt's auch hier wieder viel zu lachen.
Best.-Nr. 4325
DM 9,80/ÖS 79,–

Annas Engel
Eine besonders originelle Weihnachtsgeschichte. Best.-Nr. 4326
DM 8,95/ÖS 69,–

Das Geschenk
Der Bär und der kleine Fuchs wollen sich am Weihnachtsabend gegenseitig mit einem Geschenk überraschen – lest selber, wie die Geschichte ausgeht... Best.-Nr. 4327
DM 8,95/ÖS 69,–

Langsam füllt sich der Ballon mit heißer Luft. Alles wartet auf den Start...
(weiter siehe Seite 4)

Ein Schneemann zu Besuch
Als Hansi an einem wunderbaren Wintertag einen Schneemann baut, erlebt er eine sonderbare Überraschung...
Best.-Nr. 4350
DM 9,80/ÖS 79,–

Das Pony in Omas Garten
Kati verlebt die Ferien bei ihrer Oma auf dem Land. Eines Tages passiert die Sache mit dem Pony... Best.-Nr. 4328
DM 9,80/ÖS 79,–

Nun gibt es neben dem erfolgreichen Benjamin-Programm für Erstleser auch die Benjamin-Bilderbücher für alle Kinder ab 3 Jahren – zum Vorlesen, Anschauen und ersten Selberlesen.

Meckerfritze
Wie aus dem Igel Meckerfritze wieder der nette Igel Fritz wird... Best.-Nr. 4343
DM 9,80/ÖS 79,–

Goldauge
Die Geschichte von einem Wunderfisch und dem Fischerjungen Tino.
Best.-Nr. 4342
DM 9,80/ÖS 79,–

Das Lumpengesindel
Das berühmte Märchen der Brüder Grimm vom Hühnchen und Hähnchen, die den Wirt überlisten.
Best.-Nr. 4344
DM 9,80/ÖS 79,–

Das Badewannen-Buch
Was verbirgt sich unter dem Abflußrohr? Zwei Geschwister erkunden dieses ganz, ganz große Geheimnis!
Best.-Nr. 4341
DM 9,80/ÖS 79,–

TIERBUCH

Ferien im Butterblumental (Bd.3)
Ferien – endlich darf Benny wieder zu seiner Großmutter aufs Land fahren. Dort feiert er Wiedersehen mit den Tieren auf dem Bauernhof.
Best.-Nr. 4288
DM 8,95/ÖS 69,–

...Der Brenner faucht. Jetzt ist es soweit! Der Ballon ist nicht mehr zu halten... (weiter siehe Seite 6)

Komm, wir gehn ins Butterblumental (Bd.4)
Benny findet einen verwahrlosten Hund. Wird er ihn behalten können?
Best.-Nr. 4289
DM 8,95/ÖS 69,–

Tierarztpraxis Birkenallee 7 •Hundesalon Seidenglanz (Bd.7)
Seit dem Ausbau der Tierklinik und der Errichtung eines Hundesalons ist im Tier-Treff das Chaos ausgebrochen. Best.-Nr. 4357
DM 8,95/ÖS 69,–

Tierarztpraxis Birkenallee 7 •Dem Tierfänger auf der Spur (Bd.8)
Zuerst verschwindet ein Schäferhund, dann eine Perserkatze. Als noch weitere Tiere abhanden kommen, vermutet Linda, daß ein Tierfänger dahintersteckt.
Best.-Nr. 4358
DM 8,95/ÖS 69,–

MÄDCHEN

Biggi und Lisa
Biggi und Lisa sind die besten Freundinnen – auch wenn Biggi ab und zu für recht viel Wirbel sorgt.
Best.-Nr. 4346
DM 9,80/ÖS 79,–

Die Power-Girls •Skandal in der Kleinstadt (Bd.2)
Victor und Lola decken mit Hilfe eines Zeitungsreporters einen Skandal auf.
Best.-Nr. 4290
DM 9,80/ÖS 79,–

Marie & Co. Die Durchschnittskönigin (Bd.3)
Beim Besuch einer Südseekönigin sollen die Blüschers eine typische Durchschnittsfamilie darstellen. Die Vorbereitungen verlaufen nicht gerade ruhig.
Best.-Nr. 4293
DM 8,95/ÖS 69,–

Komm mit mir, liebes Hausgespenst! (Bd.6)
Das Hausgespenst Amadeus hat auch in diesem Band wieder die tollsten Ideen.
Best.-Nr. 4292
DM 7,95/ÖS 65,–

Marie & Co. Der Club der besonderen Babys (Bd.4)
Eine Woche Babysitting – das klingt harmlos, ist es aber nicht. Marie und ihre Klassenkameradinnen werden in einen ganz besonderen Fall hineingezogen.
Best.-Nr. 4340
DM 8,95/ÖS 69,–

Sag ja, Dolly! (Bd. 18)
Im letzten Band der beliebten Serie steht Dolly eine wichtige Entscheidung bevor.
Best.-Nr. 4273 DM 8,95/ÖS 69,–

Trixie Belden
Dieser Sammelband enthält die 3 ungekürzten Einzelbände:
- Trixie Belden sucht den weißen Geisterfisch
- Trixie Belden entdeckt das Haus im Moor
- Trixie Belden und der gefährliche Glücksbringer

Best.-Nr. 4291
DM 19,80/ÖS 149,–

PFERD

Mein Pony heißt Freitag
Von den Erlebnissen eines Schweden-mädchens mit einem übermütigen Gotlandpony.
Best.-Nr. 4086
DM 9,80/ÖS 79,–

Schimmelstute Jessie soll leben
Der Junge Danny bemüht sich, das Pferd zu retten, das er liebt. Er gewinnt dadurch Selbstvertrauen und Mut. Best.-Nr. 9946
DM 9,80/ÖS 79,–

Said und der Hengst aus der Wüste
Der junge Beduine Said träumt davon, mit seinem Berberhengst Samum und anderen edlen Pferden durch die Wüste zu reiten, frei und ungebunden.
Best.-Nr. 4286
DM 9,80/ÖS 79,–

Ausgerechnet Islandpferde!
Thingvellir, das große isländische Reiterfest, und die Schönheit der rauhen Insel locken jedes Jahr begeisterte Pferdefreunde. Ein Traumbuch für alle, die Islandponys lieben.
Best.-Nr. 4347
DM 9,80/ÖS 79,–

Bille & Zottel
Dieser Sammelband enthält die 3 ungekürzten Einzelbände: •Das Fest der Pferde •Ein Pony auf großer Wanderung •Pferde im Schnee
Best.-Nr. 4295
DM 19,80/ÖS 149

Aufregung im Ponyclub
Eine dramatische Rettungsaktion in den australischen Bergen vereint die Mitglieder des Ponyclubs.
Best.-Nr. 4294
DM 8,95/ÖS 69,–

Pferdeheimat im Hochland • Fionas Fohlen (Bd. 3)
Auf dem schottischen Pferdehof The Laurels hilft ein Mädchen bei der Arbeit mit den Pferden.
Best.-Nr. 4296 DM 9,80/ÖS 79,–

Pferdehof „Zum Schwarzen Pony" • Der Große Sturm (Bd. 5)
Ein heftiger Sturm sorgt für Aufregung und dramatische Ereignisse auf dem Pferdehof.
Best.-Nr. 9910 DM 8,95/ÖS 69,–

Das Wildpferd aus den roten Bergen • Zwei Fohlen, zwei Freunde (Bd. 7)
Wieder eine faszinierende Geschichte der Pferdebuchautorin Andrea Pabel aus dem mexikanischen Hochland. Best.-Nr. 4307 DM 8,95/ÖS 69,–

ABENTEUER

Immer diese Krummes
•Geheimnis um Yrsa
Krumme hat sich in Yrsa verliebt. Aber was sein Geheimnis bleiben sollte, hängt plötzlich in der Schule am Schwarzen Brett.
Best.-Nr. 4297
DM 8,95/ÖS 69,–

Geheimnisse auf Schreckenstein
Der Sammelband 8 umfaßt die ungekürzten Bände
•Das Phantom von Schreckenstein
•Geheimcode Schreckenstein
•Der bunte Hund von Schreckenstein
Best.-Nr. 4298
DM 19,80/ÖS 149,–

Pizza-Bande
•Die Ballonpiraten
Die Pizza-Bande hebt ab! Die Fahrt mit dem Heißluftballon wird noch turbulenter, als die vier Freunde sich das vorgestellt hatten. Best.-Nr. 4331
DM 8,95/ÖS 69,–

...Start frei – und hoch hinaus. Mit dem Super-SchneiderBuch-Heißluftballon!

Die Acht vom großen Fluß
•Regatta mit Hindernissen
(Bd. 10) Bei der Segelregatta in Diekhusen geht es nicht mit rechten Dingen zu - doch „die Acht" lassen sich nichts vormachen.
Best.-Nr. 4300
DM 8,95/ÖS 69,–

Scherlock Schmidt & Co.
•Wo ist Herr Kanini? (Bd. 2)
Wo ist das schneeweiße Kaninchen namens „Herr Kanini"? Ein neuer Fall für den gewitzten Amateurdetektiv Scherlock.
Best.-Nr. 4317
DM 8,95/ÖS 69,–

Scherlock Schmidt & Co. •Scherlocks erster Fall
(Bd. 1) Detektivgeschichten, wie Kinder sie lieben. Mit Witz, Cleverness und scharfem Beobachtungsvermögen lösen die jungen Helden der Erzählung spannende Alltagsfälle. Best.-Nr. 4316
DM 8,95/ÖS 69,–

Die Acht vom großen Fluß
Dieser Sammelband enthält die drei ungekürzten Bände:
•Feuer in der Nacht
•Rote Fässer über Bord
•Die verschwundenen Goldmünzen
Best.-Nr. 4299
DM 19,80/ÖS 149,–

Drei tolle Nullen •Die Superangel
(Bd. 3) Olli, Olaf und Oskar haben einen Riesen-Wels im Fluß entdeckt. Nur mit der Superangel werden sie ihn an Land ziehen können.
Best.-Nr. 4222
DM 9,80/ÖS 79,–

Pizza-Bande
Der erste Sammelband der Pizza-Bande. Spannend und mitreißend Seite für Seite. Folgende Bände sind enthalten:
•Kakerlaken im Salat •Ein Geist mit nassen Füßen •Der grüne Fuchs. Best.-Nr. 4313 DM 19,80/ÖS 149,–

Drei tolle Nullen
•Die Gespensterparty
(Bd. 4) „Die Nullen" spielen Theater. Als Gespenster versetzen sie die Zuschauer in Angst und Schrecken.
Best.-Nr. 4301 DM 9,80/ÖS 79,-

ROMANE

Fang niemals einen Stern
Simon bricht aus den Zwängen des Alltags aus und reist nach Süden. Als er das Mädchen Albertina kennenlernt, glaubt er sich am Ziel seiner Wünsche.
Best.-Nr. 4389
DM 16,80/ÖS 129,–

Ein Stall voller Pferde
Nach einem schweren Unfall muß die Besitzerin einer Reitschule ihre Pferde verkaufen. Schmerzlich ist diese Trennung und groß die Sorge, ob die Pferde in die richtigen Hände kommen...
Best.-Nr. 9945
DM 16,80/ÖS 129,–

In der Wildnis verloren
Die Geschichte eines tapferen Hundes, der gezwungen ist, in der freien Wildbahn zu überleben.
Best.-Nr. 4130
DM 16,80/ÖS 129,–

Siegesschleifen
Eine Kindheit mit Ponys
Den beiden Mädchen Jeanette und Madeleine bedeuten ihre Pferde alles. Der falsche Ehrgeiz des Vaters ist eine Belastung für die Familie...
Best.-Nr. 4304
DM 16,80/ÖS 129,–

GESCHENKBUCH

Meine Klasse und meine Schule
Die Schulzeit festhalten und dabei die Seiten selbst gestalten. Dazu viele Rätsel und Suchbilder für knifflige Unterhaltung. Best.-Nr. 4310
DM 9,80/ÖS 79,–

Mein Zuhause und meine Familie
Lieblingsspielsachen, alles über die Geschwister und über die Eltern selber aufschreiben, zeichnen und ergänzen. Mit vielen Bildern zum Rätseln und Knobeln.
Best.-Nr. 4311
DM 9,80/ÖS 79,–

Das sind meine Freunde
Telefonnummer von Otto – oder wie hieß noch das Lieblingsgericht von Susi...? Hier könnt ihr lauter wichtige und unwichtige Infos über eure Freunde festhalten. Man weiß ja nie, wozu man's brauchen kann!
Best.-Nr. 4309
DM 9,80/ÖS 79,–

KNAUTSCHBUCH

Mein total krasses Adreßbuch
Stark gestylt ist es bereits – doch das Wichtigste macht ihr selber, nämlich das Büchlein mit Leben füllen: Anschriften, Telefonnummern, Vorlieben und natürlich auch die krassen Infos, was die lieben Mitmenschen tierisch nervt. Wir bieten das Buch in Blau, Best.-Nr. 4308, und in Rot, Best.-Nr. 4306.
Je DM 9,80/ÖS 79,–

Rattenscharfe Super-Drudel
Heute schon gedrudelt? Nein – dann nichts wie ran: ein ganzes Buch prallvoll mit knallharten Fensterrätseln. Da geht einem echt der Hut hoch!
Best.-Nr. 4312
DM 9,80/ÖS 79,–

SUPER-HITS

Der Sommer der Träume
Zwei traumhaft schöne Mädchenromane ungekürzt in einem Band: •Sally – Tage des Glücks •Lenas besonderer Sommer
Best.-Nr. 4267
DM 10,–/ÖS 79,–

Sandra, die Detektivin in Jeans
Der Hit für alle Spürnasen. Drei ungekürzte Einzelbände in einem Band: •Sandra – Detektivin in Jeans •Sandra auf der Spur der Fedorbande •Sandra und der Junge vom Fluß
Best.-Nr. 4336 DM 10,–/ÖS 79,–

Katja tanzt ins Leben
Drei ungekürzte und ergänzte Einzelbände der Erfolgsautorin Tina Caspari in einem Band: •Mit 12 fühlt man ganz anders •Mit 13 hat man täglich Ärger •Mit 14 glaubt man an die Freundschaft.
Best.-Nr. 4338
DM 10,–/ÖS 79,–

Polly, ein schwedisches Pferdemädchen
Viel Spaß und Spannung bieten die drei Pferdegeschichten in diesem Buch, das ungekürzt folgende Bände enthält: •Polly bekommt ein Pferd •Das schönste Pferd der Welt für Polly •Polly – Gefahr auf dem Pferdehof
Best.-Nr. 4280 DM 10,–/ÖS 79,–

Das Mitternachtspony
Eine fesselnde und sensible Geschichte über Tierliebe und Verantwortung für ein Pony – aber auch die Geschichte einer großen Freundschaft.
Best.-Nr. 4381
DM 10,–/ÖS 79,–

Der Witzexpreß
Hier geht die Post ab... Witze zum Schieflachen und zum Weitererzählen.
Best.-Nr. 4248
DM 10,–/ÖS 79,–

Im Strudel der Abenteuer
Die gesamte Abenteuer-Serie der beliebten und bekannten Kinderbuchautorin Enid Blyton in einem Band! Acht superspannende Abenteuergeschichten bietet dieses Buch.
Best.-Nr. 4265
DM 24,80/ÖS 199,–

Britta •Gesamtausgabe
Der Superhit für alle Britta-Fans. Geschichten, die Pferdefreunde begeistern werden – spannend, informativ und liebevoll geschrieben. Diese Gesamtausgabe enthält ungekürzt alle elf Einzelbände dieser Serie.
Best.-Nr. 4264
DM 19,80/ÖS 149,–

BESTSELLER

Bekannte und beliebte SchneiderBuchtitel als Prachtausgaben in Halbleder.

Meine Märchenwelt
Eine Reise durch die Welt der Märchen. Zum Vorlesen und Selberlesen. Best.-Nr. 4149
DM 19,80/ÖS 149,–

Mädchenträume
Ein Buch wie Mädchen es sich wünschen. Dieses Buch enthält 13 der schönsten Geschichten von Marie Louise Fischer.
Best.-Nr. 4143
DM 29,80/ÖS 239,–

Burg Schreckenstein
Diese Halblederausgabe der spannenden Abenteuer-Serie enthält die ungekürzten Bände 1 bis 14.
Best.-Nr. 4305
DM 29,80/ÖS 239,–

chen. Ich bestehe darauf, daß er Donna Hartman hinauswirft!"

„Er wird jeden Augenblick dasein", sagte Linda mutlos. „Aber es ist nicht Donnas Schuld, Frau Bascombe. Ich verstehe ja, daß Sie verzweifelt sind, aber ..."

„Und ich erst", rief Susan verbittert, „schließlich ist Toni mein Hund."

Da trat Erin zitternd vor und sagte mit kleiner Stimme: „Frau Bascombe, ich ..." Sie schluckte ein paarmal. „Ich ..."

Doch bevor sie ein weiteres Wort herausbringen konnte, sagte Linda: „Donna hat Marie Antoinette gar nicht getrimmt. Ich war es."

Alle Augen waren auf sie gerichtet, einschließlich die des Pudels.

„Du warst das?" riefen Susan und ihre Mutter gleichzeitig.

„Ja, ich war es", sagte Linda und schüttelte Erins Hand ab, die ihren Arm umklammerte. „Donna hatte einen Arzttermin und konnte nicht rechtzeitig zurück sein. Da ich schon eine Menge über Pudelschur gelesen hatte, dachte ich, ich würde es sicher schaffen." Sie sah den kleinen Pudel an, um den Susan schützend die Arme gelegt hatte. „Aber ich habe mich leider geirrt. Tut mir leid, Toni."

Trotz ihres Kummers bedachte Susan Linda mit einem hämischen Grinsen. Linda konnte sich gut vorstellen, was sie jetzt dachte. Sicherlich freute sie sich, daß zur Abwechslung mal sie, Linda, in Schwierigkeiten steckte, und Linda konnte ihr die Schadenfreude vom

7 4357-8

Gesicht ablesen. Sie seufzte leise.

Frau Bascombe dagegen freute sich in keinster Weise. Sie wurde nur noch aufgebrachter. Sogar ihr sorgfältig gekämmtes Haar schien vor Wut zu Berge zu stehen. „Nun gut!“ japste sie. „Ich werde nie wieder ...“

Bevor sie den Satz zu Ende sprechen konnte, trat Dr. Taylor ein.

„Oh, Doktor!“ rief sie und schnappte nach Luft. „Wie können Sie einem Kind erlauben, einen so wertvollen Hund wie meine Marie Antoinette zu trimmen?“

„Sie ist einige hundert Dollar wert!“ rief Susan dazwischen.

„Das wissen wir“, sagte Linda mit zusammengebissenen Zähnen.

„Aber Frau Bascombe, es war gar nicht...“, begann Erin.

Der Tierarzt hatte die Situation mit einem Blick erfaßt und wandte sich an Frau Bascombe: „Selbstverständlich tue ich das nicht. Wollen Sie mich bitte für einen Augenblick entschuldigen? Ich möchte mit meinen Töchtern unter vier Augen reden.“

„Bitte sehr“, erwiderte Frau Bascombe. „Aber das ändert dennoch nichts an der Tatsache, daß Sie fahrlässig gehandelt haben. Mein Hund ...“

„Es ist mein Hund!“ rief Susan dazwischen.

„Also Susans Hund kann nun unmöglich an der Hundeausstellung des Tierschutzvereins teilnehmen und in der nächsten Zeit auch nicht an anderen Ausstellungen. Sie haben fahrlässig gehandelt, Doktor. Ja, fahrlässig.“ Sie machte auf den Absätzen kehrt und öffnete die Tür. „Komm, Susan“, rief sie, „wir fahren auf der Stelle zu

Vater ins Büro. Und morgen hören Sie von unserem Anwalt, Dr. Taylor!"

„Tschüß, Linda", sagte Susan mit falscher Freundlichkeit. „Wir sehen uns morgen in der Schule, falls du dich hintraust ..."

Die Tür fiel mit einem Knall hinter ihnen zu. Erin sank schluchzend auf einen Stuhl. „O Paps, es tut mir unendlich leid! Linda hat ihnen gesagt, sie hätte Marie Antoinette getrimmt, aber in Wirklichkeit bin ich es gewesen!"

„Das habe ich mir gleich gedacht", sagte ihr Vater, der ausnahmsweise ein grimmiges Gesicht machte.

„Meinst du, sie verklagen uns?" fragte Linda ängstlich.

„Sieht ganz so aus" erwiderte ihr Vater und schüttelte ungläubig den Kopf, während er Erin ansah. „Sag mal, bist du von allen guten Geistern verlassen? Du hast mir versprochen, nie wieder herumzuexperimentieren. Sag jetzt ja nicht, daß sich dein Versprechen nur auf unsere Haustiere bezogen hat! Du hast mich wirklich sehr enttäuscht, Erin."

„Aber ich wollte dir nur helfen", rief Erin mit tränenerstickter Stimme.

Linda, die auf der Armlehne von Erins Stuhl saß, legte einen Arm um ihre Schultern und sagte: „Das wollte sie wirklich, Paps. Sie wollte Donna nur Ärger ersparen. Und ich wollte Erin helfen, indem ich das Ganze auf mich nahm." Sie seufzte tief. „Aber das hat alles nichts genützt. Jetzt habe ich wenigstens begriffen, warum Susan so widerlich ist: Das hat sie von ihrer Mutter. Aber weshalb verklagt Frau Bascombe dich und nicht mich? *Ich* habe ja die Sache verbrochen."

In diesem Augenblick läutete das Telefon, und Linda hob den Hörer ab. Sie hörte Donnas fröhliche Stimme, die sagte: „Bist du's Linda? Stell dir vor, ich bin erst jetzt aus der Praxis gekommen. Es hat wohl keinen Sinn mehr, daß ich noch zu euch fahre. Richte deinem Vater aus, daß ich morgen um acht wieder da bin. Ein wahres Glück, daß ich heute nachmittag nur einen einzigen Termin hatte. Hat Erin für Lester Shugarts Spaniel einen neuen Termin vereinbart?

„Ja, es ist alles in Ordnung", murmelte Linda.

„Da bin ich aber froh. Dann habt ihr mal einen geruhsamen Nachmittag gehabt."

„Das kann man wohl sagen", erwiderte Linda, die Donna noch nicht sagen wollte, was vorgefallen war. „Also dann, auf Wiedersehen."

„Du klingst ein wenig müde", meinte Donna. „Du wirst doch jetzt auch nach Hause gehen. Könntest du bitte Erin ausrichten, daß ich eine kleine Überraschung für sie habe. Ich weiß, sie mag hübsche Dinge. Weißt du, Linda, ich bin so froh, daß sie mir hilft. Was täte ich nur ohne sie? Willst du ihr das sagen?"

Linda seufzte und sagte: „Ja, ich werde es ihr ausrichten."

Eine unangenehme Unterredung

Die Nachhausefahrt verlief ziemlich schweigsam. Erin saß mit ihrem und Lindas Fahrrad im hinteren Teil des Kombis und gab hin und wieder ein Schluchzen von sich. Linda saß neben ihrem Vater und stierte vor sich hin. Vor ihrem Haus angekommen, hoben die beiden Mädchen die Räder aus dem Wagen und stellten sie vor dem Eingang ab. Erin stürzte ins Haus. Sie rannte die Treppe hoch und verschanzte sich in ihrem Zimmer.

„Immer mit der Ruhe!" rief Frau Racer, die aus der Küche gekommen war, ein freundliches Lächeln auf ihrem faltigen Gesicht. „Linda, im Ofen ist ein Huhn, und für dich steht ein Gemüseeintopf auf dem Herd. Ich habe das Rezept aus der Wochenendbeilage des Lokalanzeigers entnommen. Hat einen italienischen Namen. Du mußt dir auch Parmesan drüberstreuen." Erst jetzt bemerkte sie Lindas und Dr. Taylors betretene Gesichter. „Mein Gott, ihr seht ja aus, als hättet ihr euren letzten Freund verloren. Ist ein Patient hopsgegangen?" Sie wußte, daß die beiden jedesmal zutiefst bestürzt waren, wenn sie ein Tier nicht retten konnten. „Wo steckt denn Erin?"

Dr. Taylor streichelte geistesabwesend die beiden Hunde, die jedesmal einen Freudentanz aufführten, wenn er nach Hause kam, und stellte seine Medikamententasche ab. „Erin ist schon auf ihr Zimmer gegangen", sagte er zu der Haushälterin. „Und wir haben keinen Patienten verloren. Wir sind nur ..."

„Müde", unterbrach Linda ihren Vater und nahm Cleveland auf den Arm, um ihn zu kraulen. „Wir sind todmüde. Wo ist Teddy?"

„Er ißt bei Billy zu Abend. Ich habe es ihm erlaubt." Dann warf sie Dr. Taylor einen fragenden Blick zu. „Sie haben doch nichts dagegen, Doc? Er versprach, um halb acht zurück zu sein. Hätte ich Sie vorher anrufen sollen?"

Dr. Taylor zwang sich zu einem Lächeln. „Nein, nein, das ist schon in Ordnung."

Da ertönte vor dem Haus eine Autohupe. Frau Racer nahm augenblicklich die Schürze ab und drückte sie Linda in die Hand. „Das ist Henry", meinte sie. „Seid ihr sicher, daß nichts vorgefallen ist?"

Jetzt rang sich auch Linda ein Lächeln ab und sagte: „Ganz sicher, Frau Racer. Bis morgen dann und gute Nacht."

Frau Racer nickte zwar, aber so richtig überzeugt war sie nicht, als sie zur Tür hinausging.

Linda ließ den Kater wieder auf den Boden und ging in die Küche. Wieder einmal roch es köstlich nach Essen, aber sie hatte keinen Appetit. Ihrem Vater erging es nicht anders. Sie saßen lustlos vor ihren Tellern und stocherten im Essen herum.

Schließlich brach Linda das Schweigen. „Paps, was passiert eigentlich, wenn man verklagt wird?"

Ihr Vater zuckte die Schultern. „Die Anwälte werden

wieder um etwas reicher und die kleinen Geschäftsleute ärmer."

„Kleine Geschäftsleute wie du", fügte Linda hinzu und rührte in ihrem Eintopf herum. Dann fiel ihr Blick auf die Keksdosen, die auf dem Küchenschrank standen und für das Einweihungsfest bestimmt waren. Doch selbst der Gedanke an das bevorstehende Fest konnte Lindas Stimmung nicht heben.

Der Tierarzt schob seinen Teller von sich, auf dem noch ein Stück Huhn lag. „Willst du Erin nicht etwas zu essen hinauftragen? Ich mache in der Zwischenzeit einen Anruf."

„Willst du mit deinem Rechtsanwalt sprechen?" fragte Linda.

„Nein, mit Tom Bascombe." Dr. Taylor holte das Telefonbuch und suchte unter dem Buchstaben B.

Linda machte große Augen. „Du rufst Susans Vater an?"

„Ja, ich kenne ihn von einigen Versammlungen her. Ein netter Kerl, nur seine Frau hat die Pantoffeln an. Ich will ihn fragen, ob wir nicht die Angelegenheit unter vier Augen besprechen können, bevor er einen Anwalt damit beauftragt." Er ging ans Telefon, das an der Küchenwand hing, und wählte. Gleich darauf hörte Linda ihn sagen: „Tom? Hier ist Ted Taylor ... Ja, ich weiß, daß sie todunglücklich ist. Mir ist die Sache schrecklich unangenehm ... Ja, heute abend ... Nein, es hat nicht Zeit bis morgen. Also dann in einer halben Stunde, bei euch zu Hause. Ich werde pünktlich dasein."

Kaum hatte ihr Vater den Hörer aufgelegt, sagte

Linda: „Kann ich mitkommen?“

Dr. Taylor schüttelte den Kopf. „Nein, Kleines, das ist nichts für dich. Ich verstehe ja, daß du Erin in Schutz nehmen willst, aber Frau Bascombe hat völlig recht, wenn sie behauptet, daß Donna für den Hundesalon zuständig ist und ich die Verantwortung zu tragen habe, sobald etwas schiefgeht.“

Linda stemmte die Arme in die Hüften und sagte: „In den Augen der Bascombes aber bin ich der Sündenbock, und deshalb sollte ich mit dir mitkommen.“

„Nein, Linda“, ertönte Erins Stimme. Die Kleine stand mit verweintem Gesicht in der Küchentür und sagte: „Ich bin an allem schuld, und deshalb muß ich mit Paps mitkommen. Ich werde ihnen sagen, daß ich den Pudel getrimmt habe.“

Dr. Taylor ging auf Erin zu und legte einen Arm um ihre Schultern. „Jemand muß dasein, wenn Teddy nach Hause kommt. Und das bist du. Aber laß es dir nicht einfallen, ihm die Haare zu stutzen. Hörst du?“

„Heißt das, daß ich mitkommen darf?“ fragte Linda.

„Und daß du nicht mehr böse auf mich bist, Paps?“ rief Erin und sah ihren Vater fragend an.

„Böse hin, böse her“, sagte Dr. Taylor zu Erin. „Natürlich kann ich verstehen, warum du das getan hast, auch wenn du es nicht hättest tun dürfen. Aber noch mehr ärgere ich mich über Frau Bascombe.“

„Und über Susan?“ fragte Linda hoffnungsvoll.

„Nein, nicht über die. Sie kann schließlich nichts dafür, daß sie so eine Mutter als Vorbild hat.“ Dann wandte er sich wieder Erin zu: „Du weißt, daß du falsch gehandelt hast. Das ist uns allen klar. Aber was geschehen ist, ist geschehen. Versprich mir nur, daß du nie wieder so etwas tun wirst.“

Erin nickte heftig mit dem Kopf und meinte: „Nie wieder. Ehrenwort! Fräulein Tamara hat letztes Mal zu mir gesagt, daß ich ihre vielversprechendste Tanzschülerin bin. Ich werde noch fleißiger üben, damit ich eine so große Ballerina werde wie Mama und ihr alle stolz auf mich sein könnt.“ Ihre Augen füllten sich wieder mit Tränen. „Paps, wenn die Bascombes dich verklagen, mußt du dann den Tier-Treff verkaufen? Das würde ich nicht überleben.“

Linda zuckte zusammen.

„Keine Sorge, das wird nicht geschehen“, versicherte ihr Vater. Er zog ein Taschentuch aus seiner Jeanstasche und reichte es Erin. „Da, schneuz dich mal und wisch dir die Tränen ab. Und dann setzt du dich an den Tisch und ißt etwas. Anschließend wirst du mit Jocko und Sunshine eine Runde drehen, und danach machst du deine Hausaufgaben. Wenn Teddy heimkommt, sage ihm, daß wir sicherlich zurück sind, bevor ihr zu Bett geht.“

„Dann darf ich also wirklich mitkommen?“ Linda freute sich zwar nicht, Susan und ihre Eltern zu sehen, aber sie wollte auch nicht, daß ihr Vater ganz allein zu ihnen fahren mußte. Sie sollten sehen, daß die Taylors zusammenhielten, egal was passierte.

Ihr Vater nickte. „Ich schlage vor, wir ziehen uns um. Ich jedenfalls nehme eine Dusche nach diesem anstrengenden Arbeitstag und zieh’ was anderes an.“

„Ich auch“, sagte Linda und warf einen Blick auf die

Küchenuhr. „Wir haben noch etwas Zeit. Zu den Bascombes fahren wir höchstens zehn Minuten."

Erin hatte sich wieder beruhigt und sagte: „Ich werde auch noch Cleveland, die Hühner und die Ente füttern."

„Vergiß die Kaninchen nicht", erinnerte Linda sie. „Und vor allem du mußt etwas essen."

„Ja, ja. Ich wärme mir Paps Hühnerkeule im Mikrowellenherd auf", sagte Erin. „Er hat ja fast nichts gegessen."

Dr. Taylor gab ihr einen Kuß, bevor er zur Tür ging. „Mach dir meinetwegen keine Sorgen. Ich werde nicht verhungern."

Erin zwang sich zu einem Lächeln. „Versprichst du das?"

„Ja, das verspreche ich dir", erwiderte ihr Vater und fuhr ihr liebevoll mit der Hand über das blonde Haar. Dann eilte er die Treppe hinauf, um sich fertig zu machen.

„Linda, du wirst doch den Bascombes sagen, daß ich es war, die Marie Antoinette geschoren hat, oder?" fragte Erin. „Versprich mir das."

„Wir werden sehen", erwiderte Linda wie ihr Vater, wenn er sich nicht festlegen wollte. „Paß lieber auf deinen Teller mit dem Huhn auf, Cleveland schielt schon die ganze Zeit danach."

Kurz vor halb acht kamen Linda und ihr Vater vor der Villa der Bascombes an. Es war ein herrliches Haus im Kolonialstil inmitten einer großen Rasenfläche. Jetzt, da es von der Abendsonne beschienen wurde, sah es aus wie eine jener Traumvillen, die Linda nur aus Filmen kannte. Plötzlich verspürte sie einen Kloß im Hals. Sie hatte nicht die geringste Lust, Susan gegenüberzutreten und erst recht nicht ihrer Mutter, die sie sicherlich wieder anschreien würde.

„Du mußt nicht mit reinkommen, wenn du nicht willst", sagte ihr Vater verständisvoll. „Du kannst auch hier auf mich warten. Es wird sicher nicht angenehm für dich sein."

Linda strich sich den Rock ihres blauen Baumwollkleides glatt, in dem sie sich gar nicht wohl fühlte, da sie immer nur Hosen trug. „Für dich ist es auch nicht angenehm", erwiderte sie. „Aber geteiltes Leid ist halbes Leid."

Ihr Vater nahm ihre Hand und drückte sie. „Also, dann betreten wir die Höhle des Löwen!"

Sie gingen den gepflasterten Weg entlang, der zum Eingang führte. Dr. Taylor klingelte, und gleich darauf öffnete Herr Bascombe die Tür. Er war in etwa so groß wie der Tierarzt, aber schien einige Jahre älter zu sein. Sein braunes Haar war schon ziemlich schütter und so gekämmt, daß es seine Glatze möglichst verdeckte. Er trug einen dunklen Anzug mit Weste, als wäre er noch im Büro und nicht zu Hause. Linda dachte, daß ihr Vater weitaus besser aussah in seiner sportlichen Hose und der Leinenjacke über dem Freizeithemd. Und sein Haar war auch noch ganz füllig, wenngleich es an manchen Stellen zu ergrauen begann.

Herr Bascombe setzte ein Lächeln auf und sagte: „Guten Abend, Ted." Dann schaute er Linda an und meinte: „Mit deinem Besuch habe ich nicht gerechnet.

Bitte, tretet ein."

Linda und ihr Vater folgten Herrn Bascombe in das Wohnzimmer, wo Frau Bascombe auf einem mit Brokat überzogenem Sofa saß, die perfekt manikürten Hände auf dem Schoß. Ihr Haar war wie immer sorgfältig gekämmt. Ihr Gesicht zeigte keine Regung.

„Nehmt Platz", sagte Herr Bascombe und deutete auf einen Lehnstuhl und eine zierliche Sitzbank.

Nachdem Dr. Taylor Frau Bascombe begrüßt hatte, nahm er in dem Lehnstuhl Platz, und Linda setzte sich auf die Kante der Sitzbank.

Frau Bascombe eröffnete das Gespräch. „Ich frage mich, warum Sie überhaupt gekommen sind", sagte sie mit eiskalter Stimme. „Ich habe meinem Mann erzählt, was heute nachmittag im Tier-Treff vorgefallen ist und ihn gebeten, die Sache an seinen Anwalt weiterzuleiten. Ich wüßte also nicht, worüber wir uns noch unterhalten sollten."

„Ist Tom Ihrer Meinung?" fragte Dr. Taylor.

Herr Bascombe schob seinen Krawattenknoten zurecht und meinte: „Nun, Ted, in Anbetracht der Umstände finde ich, daß Dottie und Susan durchaus recht haben, wenn hm, wenn, ich meine angesichts der Tatsache, daß Linda unsere Marie Antoinette ..."

Der Tierarzt fuhr sich verlegen mit der Hand über den Bart und unterbrach Herrn Bascombe: „Um ehrlich zu sein, Tom, Linda hat mit der Sache überhaupt nichts zu tun. Es war nämlich Erin, meine jüngere Tochter, die Donna aus der Patsche helfen wollte und deshalb Marie Antoinette zu trimmen versuchte."

„Donna wußte nicht, daß Toni heute einen Termin hatte, sonst hätte sie Ihnen sicher vor ihrem Arztbesuch abgesagt“, mischte sich nun Linda ein. „Aber dadurch, daß wir zwei Terminkalender haben, kam es zu einer Verwechslung und ...“

„Das ist Ihr Problem und nicht unseres“, schnitt Frau Bascombe ihr das Wort ab. „Marie Antoinette sollte von Donna Hartman betreut werden und nicht von einem ahnungslosen Kind. Ob dieses nun vierzehn oder zwölf Jahre alt ist, spielt dabei keine Rolle. Wie ich Ihnen bereits am Nachmittag sagte, sind Sie, Dr. Taylor, für den Vorfall verantwortlich, und deshalb werden wir gegen Sie und ihren Hundesalon gerichtlich vorgehen.“

„Aber das ist nicht fair!“ entrüstete sich Linda. „Paps hat mit der ganzen Sache gar nichts zu tun! Er ist der beste Tierarzt weit und breit. Fragen Sie nur die Leute in Essex!“

Ihr Vater lächelte Linda zu. Dann wandte er sich an Herrn und Frau Bascombe und sagte: „Ich verstehe Ihren Kummer wegen Marie Antoinettes Aussehen, und ich weiß auch, daß ich als Inhaber des Hundesalons für den Schaden verantwortlich bin, aber ...“

Er hielt jäh inne, denn von irgendwo her kam ein lauter Hilfeschrei. „Paps, Mami, schnell! Toni erstickt. Hilfe, sie stirbt!“

Linda sprang augenblicklich hoch und rannte aus dem Wohnzimmer auf den Flur hinaus. Gleich darauf riß sie die Küchentür auf und entdeckte Susan auf dem Fußboden kauernd neben dem umgeworfenen Abfalleimer, dessen Inhalt auf dem Fußboden verstreut lag.

Susan hatte den kleinen Pudel an sich gedrückt, der japste und hustete. Als sie Linda eintreten sah, blickte sie angsterfüllt zu ihr hoch.

„Was ist passiert?" wollte Linda wissen.

„Ein Hühnerknochen ..." Susans Stimme versagte. „Toni hat den Abfalleimer umgeworfen und einen Hühnerknochen gefunden! Sie hat sich so rasch darüber hergemacht, daß ich ihn ihr nicht rechtzeitig entreißen konnte. Ich glaube, er steckt in ihrem Hals!"

Das hatte gerade noch gefehlt. Linda wußte, daß Hühnerknochen leicht zersplitterten, und wenn ein Hund einen schluckte, bestand die Gefahr, daß die spitzen Enden die Magenwand oder den Darm durchbohrten. Wenn der Knochen aber im Hals steckte, konnte das Tier daran ersticken.

Linda kniete sich neben Susan nieder und versuchte mit beiden Händen Tonis Maul zu öffnen. Dann steckte sie Daumen und Zeigefinger in seine Kehle und tastete nach dem Knochen, jedoch ohne Erfolg.

„Er sitzt zu tief", murmelte sie.

Inzwischen waren auch Lindas Vater und Susans Eltern in die Küche gestürzt. Der Tierarzt erfaßte die Situation mit einem Blick. Er redete sanft auf den Pudel ein und versuchte ebenfalls, den Knochen zu entfernen. Aber auch er hatte kein Glück.

„Ich habe leider meine Instrumententasche nicht bei mir", wandte er sich an Susan, „deshalb muß ich Toni mit in die Praxis nehmen. Vielleicht kann ich mit dem richtigen Instrument den Knochen entfernen. Wenn nicht, muß ich operieren."

„Operieren?“ rief Susan entsetzt. „Aber dann bleibt eine Narbe zurück, und Toni wird nie mehr einen Preis gewinnen!“

„Verflucht noch mal!“ schrie Linda, „es geht schließlich um Tonis Leben und nicht um ihre Schönheit und die Preise, die sie damit gewinnen kann!“ Sie rannte ihrem Vater hinterher, der mit dem Pudel nach draußen gegangen war, gefolgt von Herrn Bascombe.

Bevor sie ins Auto stiegen, reichte Dr. Taylor Linda den Hund. Linda nahm neben ihrem Vater Platz, und Herr Bascombe steckte den Kopf durch Lindas Fenster.

„Ted, bitte tu, was nötig ist“, sagte er. „Linda hat recht, es geht einzig und allein um Tonis Leben.“ Er streckte die Hand nach dem Pudel aus und strich ihm über das Fell. „Armes, kleines Hündchen“, sagte er sanft.

„Keine Sorge, wir tun, was in unserer Macht steht“, versprach ihm der Tierarzt.

Herr Bascombe trat einen Schritt zurück, als Dr. Taylor den Motor anließ. Dann setzte sich der Kombi in Bewegung, für Lindas Begriffe viel zu langsam.

„Kannst du nicht schneller fahren?“ fragte sie ihren Vater, als sie eine von Bäumen gesäumte Straße entlangfuhren. Marie Antoinette winselte und hustete abwechselnd in ihrem Arm. „Womöglich stirbt sie, ehe wir ankommen!“

„Erst wenn wir die Schnellstraße erreicht haben“, sagte ihr Vater. „Du siehst doch, daß immer wieder Kinder auf Fahrrädern unterwegs sind.“

Linda wußte, daß ihr Vater recht hatte und atmete erleichtert auf, als sie endlich in die Schnellstraße einbogen. „Nur noch ein paar Minuten, Toni", flüsterte sie dem Pudel zu. „Du brauchst keine Angst zu haben, es wird alles wieder gut." Sie blickte ängstlich ihren Vater an. „Stimmt das auch, Paps? Oder meinst du, sie wird..."

„Sterben?" führte ihr Vater den Satz zu Ende. „Nein, Kleines, das wird sie sicher nicht." Er verließ die Schnellstraße, behielt aber das Tempo bei. „Allem Anschein nach steckt ein Knochensplitter in Tonis Speiseröhre."

„Glaubst du, daß sie daran ersticken kann?"

„Nur wenn er so groß ist, daß er gegen die Luftröhre drückt und am Atmen hindert. Doch da Toni gleichmäßig atmet, trifft das sicher nicht zu. Aber der Knochensplitter bereitet ihr Schmerzen im Hals, und außerdem ist sie völlig verängstigt. Versuche sie also so gut wie möglich zu beruhigen."

Linda war selbst alles andere als ruhig, bemühte sich aber dennoch, ihrer Stimme nichts anmerken zu lassen, während sie auf den Pudel einredete und sein seidiges Fell streichelte. Plötzlich kam ihr ein Gedanke. Wenn sie den Hunden oder Katzen auf der Krankenstation Tabletten zu schlucken gab, strich sie ihnen mit der Hand die Kehle hinunter, damit sie die Pillen leichter schluckten. Vielleicht sollte sie Tonis Kehle in der entgegengesetzten Richtung massieren, damit der Knochen nicht in den Magen rutschte.

Sie begann also, sanft den schmalen Hals des Pudels zu massieren, und zwar von den Schultern zu den Kiefern hinauf. Toni sträubte sich dagegen, zappelte mit den Beinen, japste und hustete. Als sie dann in die Birkenallee einbogen und vor dem Tier-Treff anhielten, begann sie immer stärker zu husten. Ihr kleiner Körper zitterte und bebte, doch dann lag sie plötzlich ganz ruhig auf Lindas Schoß.

„O Paps!“ rief Linda erschrocken, „ich glaube, sie ist tot!“

Ihr Vater beugte sich über den Pudel.

„Nicht wahr, sie ist tot?“ hauchte Linda und schloß die Augen, als ihr zwei dicke Tränen über die Wangen liefen.

„Mach die Augen auf, Kleines“, sagte ihr Vater. Doch Linda schüttelte den Kopf. Tonis Anblick war ihr unerträglich.

Da spürte sie die Hand ihres Vaters auf der ihren. Er hob sie hoch und legte sie auf Tonis Brust. Zu ihrem großen Staunen spürte sie das gleichmäßige Pochen des kleinen Hundeherzens. Und gleich darauf spürte sie, wie Tonis winzige, warme Zunge ihre Hand leckte.

„Sie lebt! Sie ist gerettet!“ rief Linda überglücklich. Sie öffnete vorsichtig die Augen. Zuerst sah sie alles noch durch einen Schleier von Tränen. Aber dann erkannte sie auf der Hand ihres Vaters einen Gegenstand, der nicht viel größer war als ein abgebrochenes Streichholz. Linda war mit einem Mal klar, daß es sich um den Splitter eines Hühnerknochens handelte.

„Sie hat ihn herausgehustet“, sagte ihr Vater und lächelte Linda zu.

„Gott sei Dank!“ sagte Linda und ließ sich erleichtert in den Sitz zurückfallen. Toni, der es wieder bestens zu gehen schien, schüttelte sich und stemmte die Vorder-

8 4357-8

beine gegen Lindas Brust und begann ihr das Gesicht zu lecken. Linda schlang den Arm so fest um den kleinen Pudel, daß er aufheulte.

„Vorsicht!“ rief ihr Vater. „Du brichst dem armen Tier ja die Rippen.“

Linda vergrub ihr Gesicht in das Fell des Hundes oder in den Rest davon, den Erin noch übriggelassen hatte und sagte: „Ich bin ja so froh, Paps. Ich dachte schon, ich hätte sie umgebracht!“ Dann erzählte sie ihrem Vater, wie sie Tonis Kehle gerieben hatte. „Und als sie dann so krampfartige Zuckungen machte, dachte ich, das wäre ihr Ende.“

„Du hast ganz richtig gehandelt“, sagte ihr Vater. „Ich bin wirklich stolz auf dich, Linda. Auf mich allerdings bin ich weniger stolz, denn eigentlich hätte ich selbst auf diese Idee kommen müssen.“

Linda lächelte ihm zu. „Du hast so viel um die Ohren, daß du unmöglich an alles denken kannst, Paps. Und warum soll nicht auch ich einmal einen guten Einfall haben?“

„Ich danke dir jedenfalls“, sagte ihr Vater und küßte sie auf die Wange. „Aus dir wird ganz gewiß eine fabelhafte Tierärztin.“

Linda strahlte über das ganze Gesicht. Die Worte ihres Vaters erfüllten sie mit Stolz und machten sie unendlich glücklich.

„Na, wo brennt es denn wieder mal?“ ertönte Mike Stricklers Stimme, der durch das Wagenfenster schaute. „Sie kamen ja angebraust wie die Feuerwehr, Doc. Ein Notfall?“

„Nicht mehr", erwiderte der Tierarzt.

Mike sah sich den Pudel näher an und meinte schließlich: „Ist das nicht das Schoßhündchen der Bascombes? Marie Antoinette, wenn ich nicht irre? Was fehlt ihr denn? Sieht doch ganz gesund aus, hat nur ein etwas schütteres Fell."

Linda kicherte. „Stellen Sie sich vor, Mike, Marie Antoinette hat einen Hühnerknochen geschluckt, der ihr im Hals steckengeblieben ist, und den sie jetzt gerade ausgespuckt hat!"

„Ich will sie mir aber dennoch ansehen", sagte Dr. Taylor, öffnete den Sicherheitsgurt und stieg aus dem Wagen. „Ich werde sie auf alle Fälle durchleuchten, um sicherzugehen, daß nicht noch ein paar Splitter im Magen sind."

Linda sprang mit Toni am Arm aus dem Kombi. „Ich trage sie gleich ins Behandlungszimmer, Paps. Und dann rufe ich die Bascombes an und sage ihnen, daß mit Toni alles in Ordnung ist."

Während Mike dem Tierarzt beim Röntgen half, wählte Linda die Nummer der Bascombes. Zu ihrer Erleichterung war Herr Bascombe am anderen Ende der Leitung und nicht Susan oder deren Mutter.

„Herr Bascombe, hier spricht Linda Taylor", meldete sie sich. „Ich rufe vom Tier-Treff an. Toni ist wieder okay, wir haben den Knochen entfernt. Paps macht gerade ein Röntgenbild, um sicherzugehen, daß er keinen zweiten geschluckt hat. Sollte er aber einen finden, dann muß er operieren."

„Gott sei Dank, das ist ja noch einmal gutgegangen!"

sagte Herr Bascombe. „Danke für deinen Anruf, Linda. Und wenn dein Vater eine Operation für nötig hält, dann hat er natürlich meine Einwilligung dazu. Bitte richte ihm das aus."

„Ich werde es ihm ausrichten", versprach Linda. „Wenn alles gutgeht, haben Sie Ihre Toni bald wieder."

Linda wollte gerade den Hörer auflegen, als Herr Bascombe noch sagte: „Linda, bitte richte deinem Vater außerdem aus, daß meine Frau ihre Meinung hinsichtlich der Strafanzeige geändert hat. Sie zieht ihre Klage zurück."

„Ich denke nicht daran", ertönte Frau Bascombes Stimme im Hintergrund.

„Frau Bascombe zieht ihre Klage zurück", wiederholte Herr Bascombe etwas lauter. „Wir sind deinem Vater zu großem Dank verpflichtet, daß er Toni so rasch geholfen hat. Bitte richte ihm das aus."

Linda schmunzelte. „Das werde ich gerne tun. Auf Wiederhören, Herr Bascombe."

Linda hüpfte vor Freude in das Behandlungszimmer und dachte, daß es jammerschade war, daß Susan nicht nach ihrem Vater nachgeriet, denn der war ein herzensguter Mann.

Zum Glück entdeckte Dr. Taylor nichts in Tonis Magen. Und so fuhren sie den Pudel wieder nach Hause. Zu Lindas großem Staunen bedankte sich Susan sogar für ihre Mühe. Dr. Taylor verordnete Toni eine leichte Schonkost für die nächsten Tage, da ihr Hals noch etwas angegriffen war. Herr Bascombe schüttelte ihm zum Dank die Hand. Ebenso herzlich bedankte er sich bei Linda. Frau Bascombe reichte ihnen nicht die Hand, aber nickte ihnen mit einem eisigen Lächeln zu.

Linda stand schon in der Haustür, als sie sich zögernd umwandte und sagte: „Übrigens, wir geben Samstag nachmittag ein Fest im Tier-Treff. Wir eröffnen nämlich unsere Tierpension. Das Fest beginnt um vier Uhr. Wir möchten Sie herzlich dazu einladen, ebenso Toni."

„Ein Fest?" Susan war sichtlich begeistert. „Das klingt ja fabelhaft. Gehen wir hin, Mami?"

Frau Bascombe zuckte die Schultern. „Da mußt du schon deinen Vater fragen", sagte sie giftig. „Schließlich ist er es, der hier die Entscheidungen trifft."

„Danke für die Einladung, Linda", sagte Herr Bascombe. „Wir werden sicherlich kommen."

Während Linda mit ihrem Vater zum Auto ging, sagte sie erleichtert: „Jetzt aber rasch nach Hause! Ich kann es gar nicht mehr erwarten, Erin zu sagen, daß sie sich deinetwegen keine Sorgen mehr zu machen braucht und daß die Klage zurückgezogen wird. Jetzt können wir uns so richtig auf das Fest freuen."

Endlich ist es soweit!

Am Samstagmorgen ging strahlend die Sonne auf. Linda beobachtete es mit Freude, denn sie war seit fünf auf den Beinen. Sie hatte sich den Wecker gestellt, um den mächtigen Truthahn früh genug in den Ofen zu stellen. Erin und Frau Racer hatten zwei riesige Schinken am

Vortag gebraten, und Dr. Taylor und Teddy hatten literweise Zitronenlimonade zubereitet. Der Schinken und die Limonade waren in dem großen alten Kühlschrank aufbewahrt, der im Keller stand. Alle Pappsachen waren bereits am Abend im Kombi verstaut worden. Linda ging immer wieder die Liste, die Erin aufgestellt hatte, durch. Als es aber nichts mehr für sie zu tun gab, beschloß sie zu duschen und sich anzuziehen. Sie entschied sich für saubere Jeans und ein knallrotes T-Shirt. Ihr dichtes kastanienbraunes Haar band sie mit einer roten Schleife zu einem Pferdeschwanz zusammen.

Da es erst sechs Uhr war, fütterte sie Cleveland und die beiden Hunde, mit denen sie anschließend einen Spaziergang machte.

Als sie eine halbe Stunde später zurückkam, war es noch immer zu früh, um die anderen zu wecken. So ging sie auf den Hof und fütterte die Kaninchen, Teddys Hühner sowie die Ente Archie. Dabei erzählte sie allen von dem bevorstehenden Fest.

„Es wäre schön, wenn auch du kommen könntest", sagte sie zu ihrem Lieblingskaninchen Flopsy. „Aber ich bringe euch heute abend eine Menge Karotten als Entschädigung. Und ihr", wandte sie sich an die Ente und die Hühner, „ihr bekommt besonders viele Körner."

Endlich war es sieben. Jetzt wollte Linda nicht länger warten und stürzte ins Haus, um alle zu wecken.

„Aufwachen, du Schlafmütze!" rief sie laut und klopfte an Teddys Tür. „Es ist Zeit aufzustehen!"

„Morgenstund hat Gold im Mund!" sang sie laut,

während sie Erins Zimmertür öffnete.

Ehe sie die Tür zum Schlafzimmer ihres Vaters aufreißen konnte, kam dieser ihr zuvor. „Guten Morgen, Linda", sagte er gähnend und ging die Treppe zum Badezimmer hinunter.

„Linda!" drang Erins Stimme aus ihrem Zimmer. „Cleveland hockt vor Dandys Käfig. Hole ihn, sonst trifft den armen Vogel noch der Schlag."

Linda stürzte in Erins Zimmer und hätte dabei um ein Haar Jocko und Sunshine umgerannt, die in Teddys Zimmer wollten.

„Hurra! Heute feiern wir unser Fest!" rief Teddy durchs ganze Haus.

Gegen halb fünf wimmelte es nur so von Leuten jeden Alters und allen möglichen Haustieren auf dem Gelände um den Tier-Treff. Bunte Luftballons tanzten über ihren Köpfen, und an der Fassade des neuen Seitenflügels waren leuchtende Papierschlangen angebracht. Sparkys und Jills Mütter sowie Pat Dempwolf halfen Frau Racer beim Austeilen des Essens, das auf bunten Papiertellern serviert wurde. Toby und sein Vater boten den Gästen köstliches Eis an. Teddy und seine Freunde trieben sich irgendwo herum, und Erin und ihre Freundin Olivia schleckten eine große Portion Eis, eifrig darauf bedacht, sich ihre hübschen Kleider nicht vollzukleckern.

„Es freut mich, daß Erin der Haarreifen gefällt, den ich ihr geschenkt habe", sagte Donna Hartman zu Linda und Jill. „Er paßt auch so gut zu ihrem Kleid. Schade, daß sie mir nicht mehr im Hundesalon helfen will, sie war nämlich recht begabt. Aber wahrscheinlich ist ihr das Tanzen doch lieber. Sicherlich wird eines Tages eine große Ballerina aus ihr."

„Möchten Sie noch etwas Popcorn, Donna?" fragte Jill. „Ich habe es selbst gemacht."

„Nein, danke, ich habe schon so viel davon gegessen", sagte Donna lachend. „Jim zieht mich die ganze Zeit auf, weil ich soviel esse und meint, das Baby wird sicher kugelrund." Dann sagte sie zu Spotty, ihrem Dalmatiner, der heftig an seiner Leine zerrte, weil er den Schinken roch, den Toby gerade aufschnitt und verteilte: „Ich komme ja schon, Spotty."

Als Donna gegangen war, sagte Jill zu Linda: „Habe ich dir eigentlich die Sache mit Erin und Marie Antoinette erzählt?" Doch dann schüttelte sie den Kopf und fügte hinzu: „Ach was, so wichtig war das auch nicht."

„Werden auch die Bascombes kommen?" fragte Jill.

„Ich weiß nicht, aber ich hoffe es. Susans Vater ist ausgesprochen nett, und Susan war auch wie ausgewechselt, als Paps und ich Toni zurückbrachten. Vielleicht hat sie der Zwischenfall mit Toni verändert?"

Jill zog eine Augenbraue hoch. „Susan und nett? Das werde ich erst glauben, wenn ich mich mit eigenen Augen davon überzeugen kann."

„Dazu wirst du gleich Gelegenheit haben. Sie kommt nämlich gerade auf uns zu."

Susan bahnte sich mit Toni an der Leine einen Weg durch die Menge. Sie trug ein rosafarbenes Kleid, und Tonis Halsband war von der gleichen Farbe.

„Bitte lache nicht über Tonis Schur", warnte Susan Jill.

Diese verkniff sich das Lachen, als sie den Pudel erblickte.

„Hallo, Susan", begrüßte Linda sie. Dann beugte sie sich über Toni und streichelte sie. Der Pudel sprang freudig an ihr hoch und leckte ihr das Gesicht. „Toni sieht wirklich wunderschön aus", sagte sie.

„Ja, das kann man wohl sagen", meinte Susan und sah sich nach anderen Hunden um. „Wahrscheinlich ist sie der einzige Hund hier, dessen Stammbaum über mehr als hundert Jahre zurückgeht." Sie rümpfte ihre Stupsnase. „Wahrscheinlich ist sie überhaupt die einzige hier, die einen Stammbaum hat."

In diesem Augenblick kamen Teddy, Sparky, Eric und Billy, gefolgt von Jocko und Sunshine, auf die drei Mädchen zu.

„Nehmt zum Beispiel Lindas Hunde", fuhr Susan fort, „die sind auch nicht reinrassig. Wartet's nur ab, bis Tonis Fell nachgewachsen ist. Dann wird sie sicherlich wieder einen Preis gewinnen."

„Wir können's abwarten", sagten Linda und Jill gleichzeitig und schauten sich an.

Als Linda mit Toni zum Getränkebüffet gegangen war, meinte Jill: „Wenn du mich fragst, ich finde, Susan hat sich überhaupt nicht geändert."

Linda seufzte und meinte: „Ich glaube, du hast recht." Dann grinste sie über das ganze Gesicht und fügte hinzu: „Ehrlich gesagt, das ist mir auch piepegal. Hast du nicht Lust auf ein Curran-Eis?"

Jill grinste zurück. „Das kannst du mir glauben. Und zwar auf eine dreifache Portion mit viel Schlagsahne."

NAN INGER ÖSTMAN

Freunde schweigen wie ein Grab

Damals, vor fünfzig Jahren, war Ebba noch ein Mädchen. Zehn Jahre war sie alt. Und sie war, zusammen mit ihrer Freundin Olga aus Stockholm, in eine beschämende Sache verwickelt. Beide Freundinnen wurden von der Polizei verhört . . .

Wie es dazu kam?

Es ist Sommer, und die Ferien haben begonnen. Ebba wartet sehnsüchtig auf die Ankunft von Olga, die Enkelin der „Frau Professor", die jeden Sommer auf dem Gut Mariaruh verbringt. Ebba und Olga sind auf Abenteuer aus. Auf ihren Streifzügen werden sie in den Bann erster Verliebtheit gezogen, als sie Ebbas großer Schwester und ihrer hübschen Kusine nachspionieren.

Und dann geschieht das Unglück. Was haben Ebba und Olga damit zu tun? Ebba schweigt – wie ein Grab . . .

SCHNEIDER BUCH